이민을 꿈[★]꾸는 너에게

이민을 꿈꾸는 너에게

네가 있어야 할 곳을 끝내는 찾아내기를

글 박가영 | 사진 김수빈

미래의창

프롤로그

안녕, 여기는 호주의 멜버른. 나는 앨리스라고 해.

지금 호주 제 2의 도시, 빅토리아주의 주도, 한국에서 무려 직선거
리로 8,590km 떨어진 멜버른에서 이 글을 쓰고 있어. 한국 이름인
가영이, 혹은 내 레스토랑의 이름을 따서 수다 언니, 네모 언니로
불리기도 하지만 대부분의 시간을 앨리스라는 이름으로 살고 있는
나는, 1983년생, 서울 수유리에서 나고 자란 흔한 여자사람이야.

난 스물여섯 살 때, 취업 전쟁이 무서워 도피성 워킹 홀리데이(앞으
로는 '워홀'이라고 부를게!)로 호주에 왔어. 그리고 다시는 한국에 돌아
가지 않았지. 워홀 중 돈을 모아 유학을 했고, 몇몇 직장을 거쳐 지
금은 멜버른에 두 곳의 레스토랑을 운영하고 있어. 호주에 온 지는
올해로 9년 차고, 워홀 1년을 제외한 8년의 준비 끝에 올해 정식으
로 영주권을 받았어.

이제부터 나의 이민에 대해 이야기해보려 해. 내가 왜 그토록 한국에서 벗어나고 싶었는지부터, 호주에서 새로운 삶을 찾은 과정에 대해서 말이야. 사실 내가 상상한 이민과 실제 이민은 많이 달랐거든. 미디어에서 보이는 '이민자의 삶'은 성공한 사람들의 기록이잖아. 비현실적일 정도로 평화롭거나 화려하지. 난 그것만 보고, 일단 한국에서 벗어나기만 하면 편해질 수 있을 거라고 상상했어. 하지만 무작정 '한국이 싫어서' 도망쳤던 그 길의 끝에 행복한 삶이 있는 건 아니더라고.

막상 도착한 곳에서 마주한 이민은 생각보다 어둡고, 힘겹고, 험난했어. 이민이 내 인생에 어떤 영향을 미칠지 조금만 진지하게 생각해봤다면 그 많은 시행착오를 조금은 피할 수 있었을 텐데. 9년 전의 나처럼 이민이란 선택지를 생각하고 있는 너는, 시행착오를 조금이라도 덜었으면 하는 마음으로 나는 이 글을 썼어.

지금의 나는 솔직히 괜찮아. 잘 살고 있어. 운 좋게도 내가 좋아하는 일을 찾았고, 30대의 나는 더 이상 어릴 때처럼 우울하거나 어둡지 않아. 사랑하는 도시 멜버른에서 당당히, 한 명의 구성원으로 살게 된 것에 감사하며 살고 있어. 가끔은 이 사랑스러운 도시가 바로 내가 태어났어야 할 곳이 아니었을까, 그래서 한국에서는 언제나 불안하기만 했던 내가 멜버른의 품 안에서 이토록 편안한 걸까 하고 생각할 정도로 나는 멜버른이 익숙해졌어. '지금은' 말이야.

지금의 나는 비교적 만족스러운 삶을 살고 있지만, 오랫동안 정말 많이 울고, 많이 좌절했어. 젊은 패기로 뒷도 모르고 뛰어들기는 했는데, 생각보다 너무 지치고 힘들어서 몇 번이나 포기하려고도 했었어. 하지만 어느새 시간은 너무 많이 흘러가서 한국에서는 취업하기도 힘든 나이가 됐더라. 이민만 좇다가, 결국 퇴로도 없는 막다른 골목에 갇힌 것 같던 느낌이 아직도 생생해. 애초에 이민이 이렇게 어렵단 걸 미리 알았더라면 시작하지 않았겠다 싶을 만큼, 모든 게 쉽지 않았어. 이민에 대해 현실적으로 고민해보지 않았기 때문에 유난히 힘들었을지도 모르지. 지금 돌이켜봐도 아쉬워. 제대로 이민의 여러 얼굴을 마주하고 고민했다면, 여러 상황에 좀 더 슬기롭게 대처할 수 있지 않았을까? 그 아쉬움 때문에 내가 이렇게 키보드를 두드리며 네게 말을 걸고 있는 건지도 몰라.

이민을 생각하는 너에게 누군가는 이민을 권유할 수도 있고, 또 누군가는 뜯어말릴 수도 있어. 하지만 그 어떤 이야기도 네 이야기와 같을 순 없다는 걸 명심해줘. 네 이민은 오롯이 너만 써내려갈 수 있는 이야기가 될 테니까. 네가 할 수 있는 건 최대한 많은 이야기를 듣고, 다양한 각도에서 생각해본 후 네게 맞는 결정을 내리는 것뿐이야.

나는 지금부터 내 이민 이야기를 들려줄 거야. 아주 처음부터 지금까지. 물론 이 책에 담긴 이야기들이 내 이민 이야기의 전부는 아닐거야. 이제 나도 겨우 시작점에 서 있을 뿐이거든. 하지만 내 이야기를 통해, 지금 살고 있는 세상에 만족하지 못하는 네가 '이민'이라는 선택지를 진지하게 고민해볼 수 있다면 좋겠다는 마음으로 다 털어놓을게.

끝으로, 멜버른으로부터 보내는
뜬금없는 안녕에 답해준 너에게 고맙다고 인사하고 싶어.
솔직하게 이야기할 테니, 마음을 열고 들어주길 바라.
만나서 정말 반가워!

- 멜버른에서 앨리스가.

차례

1장

나,
한국이 아니라면
괜찮을까?

10년이 지나도,
여전히 알바몬

'알바'라는 단어로 이야기를 시작해볼게.

한국에서 보낸 내 10대와 20대는, 말 그대로 알바로 시작해서 알바로 끝난다고 해도 과언이 아니야. 물론 알바를 많이 했다는 걸 나쁘게만 기억하고 있진 않아. 그때나 지금이나, 일을 통해 내 삶을 주도적으로 꾸려나간다는 건 내게 정말 중요하거든. 누군가가 엄청난 돈을 줘서 완벽한 경제적 자유를 얻는다고 해도, 나는 아마 일을 할 거고 그걸 통해 나라는 존재의 쓸모를 확인하며 살 거야. 그래서 그때는 끊임없이 '일'을 하며 사는 나 자신이 좋았어.

하지만 싫지 않았다고 해서 딱히 알바가 좋았던 것도 아니야. 싫다, 좋다 하는 생각 없이 그저 자연스럽게 받아들였던 것 같아. 형편이란 건 내가 피하고 싶다고 피할 수 있는 게 아니었으니까. 그런 상황에서 '노동'이라는 개념은 너무 자연스럽고 당연하게 스며들었어. 거기에 불만을 품어본 적도 없지. 그래서 열일곱 살 때부터 지금까지, 나는 동남아 배낭여행을 했던 반 년 동안을 제외하고는 일을 쉬어본 적이 없어.

그런데 이렇게 어릴 적부터 일을 해왔는데도 불구하고, 일을 진심으로 즐겁다고 느끼게 된 건 호주에 와서 요리사가 된 후였어. 일하는 게 술 마시는 것보다, 잠자는 것보다도 좋더라. 난 내 정신이 좀 이상해지기라도 한 줄 알았어, 진짜로.

굳이 고르자면, 비슷한 느낌을 받았던 적이 딱 한 번 있기는 했어. 고등학생 때, 3년 동안 했던 맥도널드 알바. 그때는 학교에서도, 집에서도 그냥 일을 하고 싶었어. 학교에는 친구가 없었고 집에서도 붕 뜬 느낌이었는데, 매장에 출근하면 나를 반겨주는 사람들이 있고 내 유니폼, 내 자리가 있었으니까. 보통 학교 친구들 사이에서 느끼는 소속감을 나는 알바하던 맥도널드에서 찾았었나봐. 그때는 일하러 가는 게 마냥 즐겁기만 했어.

내가 좋아했던 이 두 가지 일의 공통점이 뭔지 알아?

내가 하는 고생이 무언가로 이어지는 것 같다는 거야. 그 일을 통해 팀의 구성원으로서 도움이 되는 존재라는 걸 알 수 있었고, 또 노력하면 이 매장의 매니저, 혹은 레스토랑의 셰프가 될 수도 있을 것 같았거든. 꿈꾸고, 열심히 달리다 보면 내 손으로 만질 수 있는 게 눈에 보였어. 그게 내가 했던 수많은 일들과 이 두 가지 일의 가장 확연한 차이였어.

열일곱 살 한국 맥도널드 알바생과 스물일곱 살 멜버른 어느 레스토랑의 요리사. 그 중간에 끼인 장장 10년이라는 시간 동안, 쉬지 않고 했던 알바와 계약직 업무들은 돈벌이 수단, 그 이상도 이하도 아니었어. 내 삶에 아무런 의미도 주지 못했어. 스무 개가 넘는 알바를 했는데, 딱히 기억에 남은 일은 없더라고. 웬만한 알바는 정말 다 해봤어. 열다섯 살 때 전단지 돌리기부터 시작해서 편의점 캐셔, 백화점 주차 도우미, PC방, 만화방, 마트 단기 판매원, 백화점 치즈 매장 직원, 웨딩홀 도우미, 사무보조, 부업, 과학캠프 인솔자 등등. 맨 마지막으로 어떤 건설 회사의 설계팀 계약직을 끝으로 나는 호주로 왔고, 다시 워홀 1년, 유학생 생활 2년 동안 계속 '알바몬'으로 살았어.

지금 세어보니 무려 도합 13년이구나. 세상에. 나름대로 알바에는 잔뼈가 굵은 나한테 그까짓 몸 힘든 건 문제가 아니었어. 어차피 알바를 하는데 편하게 있으려고 간 건 아니잖아. 힘들 거라는 건 어느 정도 감안하고 하는 거잖아. 몸은 약한 편이었지만 스스로 자신할 만큼 강단은 있어서, 웬만큼 힘든 건 잘 버텨냈어.

그런데 정작 견딜 수 없이 힘들 때는 따로 있더라. 예상치 못한 순간에 느닷없이 훅 들어오는 굴욕감, 무력감, 자존감을 깎는 말들. 나한테는 그런 일들이 가장 힘들었어. 그리고 보통 상처를 입을 당시에는 '지금 무슨 일을 당한 거지?' 하고 당황해서 어쩔 줄 모르다가 어리바리하며 넘어가잖아. 나중에 다시 생각하면 그제야 화나고, 스트레스를 받는 거야.

나 사실, 지금도 가끔은 분하고 화가 나. 그 아무것도 아닌 순간들이 10년이 지난 지금까지도 꿈에 문득 나타나곤 하거든. 억울하고 굴욕적인 상황에서 어쩔 줄 몰라서 고개를 처박고 발끝만 쳐다보고 있는 나. 잠에서 깨고 나면, 아직 어린 그 여자아이를 남겨두고 나만 쏙 빠져나온 것만 같은 묘한 느낌이 들어서, 하루 종일 기분이 안 좋아. 사실 아닌 건 아니라고 단호하게 말하는 것도, 나를 지키는 것도 뭘 아는 사람들이나 할 수 있는 거야. 너무 어리거나 순진하면 내가 지금 무슨 일을 당하고 있는 건지 잘 몰라.

웨딩홀 뷔페에서 식권을 걷는 알바를 했어. 실장이란 사람이 나한테 식권을 한 뭉텅이 주면서, 누락된 식권이니까 빨리 집어넣으래. 별생각 없이 넣었지. 어른이라도 실수할 수 있다고 생각했어. 근데 이상하게, 그 실수를 매주 반복하는 거야. 나중에 알바를 같이 한 친구들이 알려줬는데, 그게 예식장 관례이자 일종의 사기라더라. 식사한 인원수를 뻥튀기해서 돈을 더 받으려고. 애초에 누락된 식권 같은 건 없었던 거야. 우리는 결혼할 때 식권 걷는 거 꼭 가족 시키자면서 넘기는데 속으로는 엄청 씁쓸하더라. 몰랐다곤 하지만 어쨌든 명백한 사기에 동원된 거잖아. 그러면서 속으로 생각해봤는데, 만약에 내가 사기인 걸 처음부터 알았으면? 내가 "싫어요, 그거 사기잖아요. 안 넣을래요"라고 말할 수 있었을까? 아마 그러지 못했을 거야. 그걸 스스로 잘 아니까 더 기분이 안 좋았던 기억이 나.

고등학교를 졸업하자마자 단박에 알바를 세 개나 구했는데, 편의점과 맥도널드라는 힘든 알바 사이에 한 꿀알바가 있었어. 야간에 하는 비디오방 알바. 책을 읽어도 되고, 영어 공부를 해도 되고, 할 일도 별로 없었으니 말 그대로 꿀이었지. 난리 치는 취객만 없으면 딱히 움직일 일도 없었어. 그중 구석에 있는 방 두 개는 혼자 오는 남자 손님들 전용이었는데, 이상하게 특별한 업무 지시가 있는 방이었어. 티슈를 비치하고 떨어지지 않게 하되 사용한 티슈는 손님이

나가자마자 그때그때 치워주는 업무였지. 그때의 나는 사실 티슈가 왜 필요한지조차 몰랐어. 그래서 불쾌함을 느끼지도 못했고.

알바를 하면서 지켜보니까 좀 이상하더라. 그 방에서 나오는 손님들만 말이야. 끈적끈적한 말투와 표정으로 영화를 추천해달라든지, 같이 보자든지, 끝나고 술 한 잔 같이 하자든지 추근대는 사람이 유독 많았어. 일부러 야한 영화의 신음 소리가 나한테까지 들리게끔 크게 틀고, 또 쓸데없이 벨을 눌러서 자기의 자위행위를 어떻게든 보게 유도하는 놈들, 내 알바 시간이 끝날 때까지 영화를 몇 편이고 돌려보면서 그 방에 틀어박혀 있는 놈들도 있었지.

진짜 꿀알바였는데도 나 자신한테 화가 나고 미안해서 도저히 더는 못하겠는 거야. 노총각 사장이 겸연쩍고 미안하다는 얼굴로, 아무리 바빠도 휴지통은 바로바로 비워야 한다고 말하는 게 이상하다고 느껴졌을 때 박차고 나갔어야 했는데.

사실 뭘 좀 알아야 박차고 나가든, 거부감이 들든 하지. 수능을 막마친 그때의 나는 정말 아무것도 몰랐거든. 그러다 번뜩 정신 차렸을 때는 이미 2주가 지나 있었고, 한 달은 채워야 돈을 받을 수 있다고 하기에 결국 울며 겨자 먹기로 남은 2주를 버텼어. 내 돈으로 일회용 비닐장갑을 사서 휴지통을 비울 때마다 썼었어. 솟구치는 짜증을 매일같이 꾸역꾸역 억눌러가면서. 손님들이 좋아했는데 그만둬서 아쉽다, 또 새벽 알바 필요하면 언제든 전화하라며 노총각 사장이 열렬히도 아쉬워하고, 월급에 티도 안 나는 2만원을 더 얹어주더라.

어떤 여름에는, 주말마다 강남에 있는 영재과학학원에서 하는 캠프 인솔 알바를 했었어. 2박 3일 동안 캠프에 따라가서 아이들을 인솔하는 업무는 꽤나 재미있을 것 같았어. 그곳은 내 생각보다 더 이상하고, 흥미로운 곳이더라. 강남에서 영재과학학원까지 챙겨 보내는 집들은, 보통 교육열이 어마어마한 부잣집이었어. 이름만 대도 알 만한 연예인, 정치인 아이들도 많이 섞여 있었지. 아이들이 별나게 굴 수 있다는 학원 경고를 받고도, 캠프의 '선생님'이었던 우리 알바생들은 '초등학생들이 까져봤자' 하고 가볍게 생각했어. 근데 웬걸, 출발하는 버스 안에서부터 이 애들은 엄마 아빠의 차종과 아파트 브랜드를 경쟁적으로 부르짖으면서 싸우더라고. 심지어 입을 딱 벌리고 있는 나한테도 그런 질문들이 돌아왔어.

선생님 차는 뭐예요? 선생님은 강남 살아요, 강북 살아요?
선생님 남자친구 있어요? 잘생겼어요?

선생님 남자친구는 강남 살아요, 강북 살아요? 차는 뭐예요?

초등학생 같지 않은 초등학생들 사이에서 어떻게 지나가는지도 모르게 하루를 마쳤어. 겨우 취침 점호를 마치고 나서, 알바들끼리 호프집에서 맥주 한 잔씩 하면서 하루를 정리했지. 그때 캠프 본부에서 전화가 왔어. 내가 맡은 반의 한 아이가, 엄마가 보고 싶어서 울고 있다며 당장 숙소로 돌아가서 그 아이를 달래주라는 거야. 지금은 새벽 한 시고, 제 근무 시간은 끝났다고 정중히 거절을 한 후 술자리에 다시 집중하려던 참이었어. 그 아이의 엄마한테서 온 전화를 받았어. 내 휴대폰 번호는 어떻게 알아낸 건지. 그러고 말을 하는데, 화를 겨우 억누르고 있다는 게 수화기 너머로도 느껴지더라.

학생, 돈 줄 거야. 돈 안 줄까 봐 그러니? 돈 주면 되잖아.
밤이라서 그래? 야간 수당 쳐서 두 배 주면 되니? 얼마 받고
싶어서 그러는지 빨리 말해봐. 우리 애 울다가 숨넘어가기 전에.
너 지금 소속이 어디니?

네까짓 게 뭔데 네 권리 따위를 운운하느냐, 너처럼 하찮은 게 감히 금쪽같은 내 딸의 부름을 무시하느냐는 식의 그 짜증 섞인 반말에 나는 그만 질려버렸어. 가만히 듣고 있다가, 전화를 끊고 숙소에 돌

아가 보니 그 아이는 이미 새근새근 잠들어 있더라.

백화점 주차 도우미 알바는 정말 춥고 힘들었지만, 발에 감각이 없어진다 해도 그건 견딜 수 있었어. 정말로 견딜 수 없었던 건 매일 매일 VIP와 임원들의 차 번호와 이름, 얼굴을 외우고 시험을 봐야 했다는 거야. 왜 그게 필요했냐면, 그 사람들이 버튼 하나를 눌러서 주차권을 발급받는 '엄청난 수고'를 하지 않도록, 그 높으신 신분을 알아보고 신속하게 게이트를 열어줘야 하거든. 90도로 숙인 정중한 인사와 입이 찢어질 만큼 환한 미소는 당연한 거고.

그 시간 동안은 내가 정말 아무것도 아니고, 이 VIP들을 위해서만 존재하는 배경처럼 느껴지는 거야. 그 사람들은 나 같은 거, 그들의 연극을 위한 소품 정도로만 생각할 텐데, 나는 왜 그들의 이름과 얼굴, 심지어 차종과 번호까지 달달 외워야 하는 걸까. 신분 제도로 고통받는 불가촉천민 이야기를 담은,《신도 버린 사람들》이라는 책이 의지와 상관없이 자꾸 떠올라서, 나는 일하는 내내 집중을 할 수가 없었어.

건설 회사 협력 업체에서 사무보조 알바를 할 때 일이야. 다른 팀과 동반 회식을 했어. 3차를 마치고 노래방에 갔는데 완전히 만취한,

다른 팀 차장이 갑자기 나를 뒤에서 껴안는 거야. 화장실에 다녀와서 문을 열고 들어오는 내 모습이, 술에 취한 그의 눈에는 업소 아가씨로 보인 거지. 주위 분들이 뜯어말리고, 나는 울면서 욕하는데도 그 사람은 엄청난 완력으로 날 움켜쥐고 한참을 놓아주지 않았어. 그래도 다행히 이 일은 불합리하게만 끝나지는 않았어. 나도 어차피 두 달 후에 계약이 끝나면 호주에 갈 계획이어서 무서울 게 없었거든. 우리 팀 과장님 도움으로 그 사람을 본사에 고발했고, 그 사람은 결국 베트남에 있는 건설 현장으로 발령이 났어. 그리고 나중에 우리 부서 사람들에게 변명했대. 그 여직원 치마가 너무 짧았다고. 그렇지 않았으면 자기가 착각하지 않았을 거라고.

어리다는, 여자라는, 알바생이라는, 잘 웃는다는, 거절을 잘 못한다는, 돈이 필요하다는……. 내 특징들이 약점이 되고, 그 약점으로 누군가에게는 나에 대한 권력이 생긴다는 구조가 나는 진저리칠 만큼 싫고 무서웠어. 나는 그런 권력을 준 적이 없는데. 뒤돌아서 마구 도망치고 싶었어. 구체적으로 이민을 생각했다기보다는, 그저 도망치고 싶었던 것 같아. 나를 이곳에서 벗어나게 해줄 무언가를 막연하게 꿈꿨지. 어디라도 상관없어. 난 여기만 아니면 돼. 부조리가 싫어서 울고, 분개하는 예민한 나 자신이 피곤하게 느껴지기도 했지만, 내가 정말 무서웠던 건 이러다가 점점 무기력해져서 힘들다는 생각조차 들지 않을까 봐, 이런 세상과 잘못된 구조에 적응해 버릴까 봐였어.

정말로, 궁금해 나는.
한번쯤은 누군가를 붙잡고 묻고 싶었어.

저런 일들이, 어리고 가난한 20대들은 다들 한 번씩 거쳐야 하는 그런 관문인 거야? 그리고 과거에 받은 상처 때문에 지금까지도 힘든 건 나뿐이니? 아니면 너도 가끔, 잠이 오지 않는 밤에 이불을 차며 울컥하는 순간들이 있니? 내가 유달리 운이 없어서 이렇게 구질구질하고 처참하게 알바를 한 건지, 아니면 우리 세대 대부분이 이런 일을 겪으면서 사는 건지.

이제는 알아도 아무런 의미가 없지만, 나는 가끔 궁금해.
이렇게 먼 곳으로 도망쳤음에도 불구하고,
아주 오랜 시간이 흘렀음에도 불구하고.

#02

모태
미스핏

돌이켜보면 난 내가 기억할 수 있는 순간부터 어딘가 약간 비뚤어진 아이였어. 고집은 쓸데없이 세고, 엉뚱한 생각만 하고, 밥은 거의 먹지 않고, 언제나 웅크리고 있고, 감정도 잘 표현할 줄 모르는 책벌레였어. 스스로 인정하고 싶지는 않지만, 돌이켜보면 나는 아주 어렸을 때부터 '미스핏misfit'이었던 것 같아. 그리고 한국 사회에서 '남들과 다른 사람'으로 살아간다는 건 쉬운 일은 아니지. 선로에서 벗어나기 시작하면 정상 궤도와는 점점 벌어지기만 할 뿐이니까, 그 '평범한 사람들'과의 틈새는 벌어지기만 했고 동시에 적응하기도 어려워졌어.

엄마와 선생님들은 나를 걱정했어. 난 어렸을 때부터 된장, 김치, 두부 같은 것들을 안 먹었어. 엄마가 먹이려고 하면 할수록 난 먹기가 싫은 거야. 아무리 어르고, 혼내고 매를 들어도 꼼짝도 않고 버 텼어. 심지어 굶기기도 했는데, 별수를 다 써도 나는 입을 꾹 다물 고만 있었어. 대문 밖으로 쫓겨나기도 했어. 결국 엄마는 두 손 두 발 다 들고 포기했고, 나는 스무 살 때까지 김치와 된장을 먹지 않 았어. 맛을 본 적도 없으면서, 먹어야 한다고 하니까 왠지 더 먹기 가 싫었던 거야. 학창시절 내내 급식도 먹지 않고 매점에서 대충 때 우곤 했던 기억이 나.

외가와 친가를 통틀어 첫 아이로 태어난 덕에 분명 넘치는 사랑을 받았는데도, 도대체 이유가 뭔지 어릴 때부터 '애정 결핍'의 상징인 손톱과 연필 끝을 물어뜯는 버릇이 있었어. 너무 유별나게 심해서 엄마가 학교에 불려온 적도 있을 만큼. 연필 끝을 잘근잘근 씹는 정 도가 아니고 아예 형체가 없을 때까지 물어뜯어 버리니까 선생님도 심각하다 싶었나봐. 학교라는 단체 생활에 적응하는 게 첫걸음부터 버거웠던 것 같아.

진짜 창피하지만 사실 나, 손톱은 아직도 손톱깎이로 깎아본 적이 없어. 지금도 나는 어떤 생각에 빠지면, 나도 모르게 손가락이 입으 로 향하거든.

나는 내가 모르는 세상에 관심이 많았어.

정작 내가 살고 있는 세상도 이해하지 못하면서.

방구석에 틀어박혀서 우주 혹은 공룡, 풀리지 않는 미스터리에 관한 책만 매일매일 읽는 거야. 활동적인 걸 싫어하다 보니 밖에 나가서 놀지도 않았고, 그러다 보니 친구도 없었어. 어쩌다 친구를 사귀어도 잘 어울리지 못했어. 중학교 들어가서 본격적으로 엇나가기 전에는 그나마 성적은 좋은 편이어서 부모님이 크게 걱정하진 않았지만. 그렇게 혼자 있는 시간이 길어지다 보니 생각하는 것도 뭐랄까, 약간 이상했던 것 같아.

지금도 생각나는 건데, 초등학교 2학년 때 일이야. 북한에 대한 반공 포스터를 그리는 수업이었거든. 비디오를 보는데 북한은 엄청나게 못 살고, 거지가 득실득실한 곳이래. 화려한 서울과 미국 풍경을 번갈아 보여주면서, 우리는 이렇게 잘사는데 북한은 정말 찢어지게 가난하다는 거야. 그런데도 뻔뻔하게 북한에서는 '남한은 거지가 득실거리는 아주 가난한 곳이다'라고 국민들을 교육한다며, 애국심이 남달리 투철했던 당시 담임 선생님은 분개하셨어. 나는 혼란스러웠어.

북한은 우리가 거짓말한다고 하고,

우리는 북한이 거짓말한다고 하는데, 누가 맞는 거지?

혹시 북한이 진짜 잘살고, 우리가 못사는 거 아닐까?

생각만 하고 입은 다물었어야 했는데, 조심스럽게 손을 들고 선생님께 질문을 한 거야. 굉장히 많이 혼났어. 일주일 동안인가, 매일 남아서 화장실 청소를 했던 기억이 나.

내 사회 부적응의 황금기는 뭐니 뭐니 해도, 고등학생 때였지. 심지어 나는 그때의 학교생활에 대한 기억 자체가 거의 없어. 어느 순간부터 학교생활이나 입시, 정규 교과 과정이 무의미하다고 여겨져서 아예 관심을 끊어버렸거든. 어려서부터 책을 많이 읽어서인지 이해력과 암기력은 꽤 좋은 편이었는데, 그 덕에 어느 정도 유지하던 성적도 급격히 추락하기 시작했어. 반에서 3등으로 고등학교에 입학했는데, 그로부터 딱 1년 후부터는 꼴찌에서 3등 정도였던 것 같아.

밤늦게까지 PC방이나 맥도널드 같은 곳에서 알바를 하고, 학교에서는 정말 수업이 시작할 때부터 끝날 때까지 잠만 자거나 책만 읽었거든. 선생님들도 처음에는 혼내고, 때리고 하다가 결국 포기하더라.

열심히 공부해야 한다고들 하는데, 이런 걸 배운다고 실제로 써먹으면서 살까? 이런 의심이 계속 드는 거야. 국사나 문학은 재미라도 있었지. 다른 과목들은 정말 하나도 재미가 없었거든. 기술이라도 배울 걸, 쓸데없이 맞지도 않는 인문계로 왔다고 생각했고, 모든 것이 진저리가 나게 지겨웠어. 내게는 아무런 의미가 없는 시간이었으니까. 친구라도 있었다면 학창시절 추억을 만드는 재미라도 있었을 텐데, 글쎄, 그때의 나는 친구를 만들고 싶지도 않을 만큼 무기력했던 것 같아.

하루라도 빨리 이 감옥 같은 곳에서 벗어나서 돈이나 벌고 싶었어. 그때 내가 일하던 매장에는 고졸들의 신화, 알바부터 시작해서 부점장까지 오른 언니가 있었거든. 막연히 그 언니처럼 되고 싶다고 생각했어. 다들 하는 그 경쟁들 있잖아. 좋은 대학이나 직장을 얻으려는 입시 전쟁, 취업 전쟁에 덤벼들어봤자 승산도 없을뿐더러, 그것들은 마치 뜬구름 잡는 소리처럼 느껴졌어. 먼 세상 이야기같이 번지르르한 성공 가도보다는 눈앞에 있는 부점장 언니처럼 되는 게 더 실현 가능성이 있어 보였어. 그게 진짜 '어른이 돼서 돈을 벌고 독립하는 길'처럼 보였어.

진로상담 때 말이야, 담임 선생님이 나한테 장래희망이 뭐냐고 물었을 때, 나는 행복하게 살고 싶다고 대답했거든. 그러면 방법은 하나래. 닥치고 머리 터지게 공부해서 좋은 대학 가고 좋은 직장에 들어가야 한대.

나는 혼란스러웠어. 행복이라는 게 실제로 있는지조차 알 수 없을 만큼 복잡한 건데, 그렇게 단순하게 얻을 수 있는 거야? 정말로? 어차피 나는, 어릴 때부터 어른들 말은 믿지 않았어. 좋은 대학, 직장이 정말 행복을 가져다줄 것 같지 않아서, 난 어차피 이기지도 못할 경쟁에 뛰어들고 싶지도 않아졌어.

나한테는 그 시절 친구가 별로 없어. 교실에 들어서자마자 뒷자리에서 체육복을 뒤집어쓰고 자는 게 하루 일과인 애한테 친구가 있을 리 없잖아. 그때의 나를 기억하는 친구는 딱 한 명 있는데, 그 친구는 나를 이렇게 말하곤 해.

　너는 굉장히 인생 다 산 아저씨 같은 여고생이었어.
　오히려 30대인 지금의 네가 더 여고생처럼 밝고 풋풋하다.

너도 당연히 예상하겠지만, 그랬던 나를 믿어주고, 예뻐해 준 어른들은 많지 않았어. 한심하다는 이야기를 귀에 못이 박히도록 들었어. 아휴, 한심하다, 이 한심아. 마음만 먹으면 할 수 있는데 왜 그러니, 쯧쯧, 정말 한심하다.

나 잘되라고, 자극받으라고 했던 말이었을 거라고 애써 이해하려고 하지만, 난 아직도 '한심하다'는 말이 세상에서 제일 듣기 싫어. 물론 당연한 일이었을지도 몰라. 내 또래도 나를 이해하지 못하는데, 어떻게 세대도 다른 어른들이 나를 이해해줄 수 있겠어. 하지만 같은 나이라고 해서, 붕어빵처럼 같은 틀에서 똑같은 모양으로 찍혀나오는 게 아니잖아. 나처럼 조금 비스듬한 애가 나올 수도 있는 거 아니야? 다른 아이들처럼 생각하지 못하고 엉뚱하게 구는, 조금 이상한 모양의 붕어빵도 있을 수 있잖아. 그런 아이에게 너는 이상하다고 낙인찍어버리면, 그 아이는 다들 이상하다고 하는 모습 이외에 다른 평범한 일면을 보이게 되는 게 괜히 어색해질 수도 있어. 남들이 나를 이상하다고 규정해버리면, 커가면서 자연스럽게 남들과 비슷한 모습으로 바뀐다고 해도 스스로 받아들이지 못하게 되는 것 같더라.

사람에겐 사실 셀 수 없이 많은 모습과 다양한 자아가 공존하잖아. 아주 복잡한 존재잖아. 우리 모두가 이상하기도 하고, 또 한편으로는 지극히 정상적이기도 한 사람인 거야. 때론 행복하기도 하고 불행하기도 하고, 또 어떨 때는 한없이 긍정적이고 다른 때는 부정적이기도 한.

누군가를 평가한다는 건 엄청난 책임이 따르는 일이야. 또 그래야만 하고. 레스토랑을 운영하면서, 내 밑에는 셰프나 매니저의 직책을 맡은 동생들이 몇 생겼어. 그 친구들이 채용을 담당할 때 내가가장 주의시키는 건 딱 하나야. 단편적인 모습만 보고 사람을 단정짓지 말자. 예를 들어 옷차림이나 겉모습으로. 긴장해서 한두 번 흘린 실언이나 첫인상으로 '애는 별로네' 하고 프레임을 씌워버리지는 말자는 거야. 적어도 우리는. 왜냐하면 우리 모두 겉모습, 나이, 옷차림 등으로 어른들에게 '쟤는 기회를 줄 필요도 없는 개념 없는애'라는 딱지가 붙어버린 적이 있는 사람들이니까. 적어도 우리는그러지 말자고 서로에게 약속한 거야. 솔직히 뚜껑 열어보기 전에는 절대 모르는 일이잖아. 피어싱을 하고 껄렁한 걸음걸이로 들어온 저 아이가 얼마나 기가 막히게 요리를 하는지, 핫팬츠를 입고 말끝마다 욕을 하는 저 아이가 얼마나 꼼꼼하게 서류를 정리하고 싹싹하게 손님 응대를 하는지. 함께 일해보지 않고서는 절대 모르는일이야. 겪어보기 전에는 판단할 수 없어. 그래, 내 기억속의 어른들은 나를 사소한 걸로 속단해버렸지만, 나는 그러고 싶지 않은 거야. 매번 평가를 받기만 하는 약자의 위치에 엉거주춤하게 서 있던 나는, 집에 오는 길마다 엉엉 울면서 절대로 저런 어른이 되지 않겠다고 다짐했으니까.

아직도 나는 그들이 원망스러운가 봐. 나를 '아무짝에도 쓸모없는 한심한 애'라고 아무렇지도 않게 평가했던 사람들, 내가 주지도 않은 권리로 내 자존감을 마음껏 깎아뭉갰던 그 사람들을 언젠간 꼭 한번 만나보고 싶어. 눈을 똑바로 마주하고, 진짜로 한번 물어나 보고 싶다는 생각이 들거든.

근데요. 저 잘 아세요? 본인은 얼마나 잘났기에,
나조차 잘 모르는 날 그렇게나 빨리 파악하셨어요?
도대체 내 어떤 점이, 당신에게 '돈 좀 모아서 시집이나 빨리
가는 게 쟤 인생 최고의 시나리오'라는 말을 하게 만들었나요?
그래서 너는 지금, 얼마나 제대로 멋있게 살고 있는데요?

난 그 사람들한테 잘못한 것도 없는데. 그냥 아직 어리고, 내가 가야 할 길을 찾지 못해서 잠깐 멈춰 있었을 뿐인데. 이렇게 날 10년이 지난 지금도 이를 갈며 복수를 꿈꾸는, 못난 사람으로 만들어버린 그 사람들이 미워. 하지만 정작 그 사람들은 나한테 그런 말을 했다는 것조차 기억하지 못하겠지.

이민을 내가 왜 생각하게 됐는지, 내가 왜 아주 어릴 적, 이민이 뭔지 정확히 알지도 못했던 그때부터 이민을 꿈꿨는지에 대한 이야기를 하려다 보니, 이야기가 끝도 없이 길어진다. 현실적인 조언을 읽으려고 무심코 이 책을 골랐을 너에게 미안한 마음도 들어. 감정의 쓰레기통이 된다는 건, 그 자체만으로도 스트레스일 수 있으니까. 하지만 나한테는 이 모든 것들이 내 이민의 시작이자, 내 인생이 바뀌어야만 했던 이유였어. 처음부터 설명하지 않으면 이 과정을 솔직하게 다 설명할 수가 없을 것 같아. 열네 살짜리 중학생이 벽을 보고 울면서 여기는 싫다고, 다른 세상에 가서 살고 싶다고 생각했다는 걸 지금 와서 떠올려보면 기분이 묘해져.

내 이민의 시작은, 이렇게 아주 오래전으로 거슬러 올라가. 내 이민의 첫날은 호주에 처음 발을 디딘 날이 아니라고 생각하거든. 주먹을 쥐고 벽을 노려보면서 이곳에서 살고 싶지 않다고, 나와는 안 맞는다고 생각했던 그 기억도 나지 않는 먼 과거. 그때가 아마 내 이민의 출발점일 거야.

03

나는 지금
잘 살고 있어

솔직히 나는 이민을 통해 유난히 잘 풀린 사례야. 우리 집에서는
'쟤는 호주 넘어간 게 신의 한 수였다'고도 하거든. 주변 사람들도
대부분 내가 한국에 남았다면 그럭저럭 먹고살기야 했겠지만 지금
처럼 하고 싶은 일을 하고, 무언가를 이루지는 못했을 거라는 가설
에(슬프게도) 딱히 이견이 없거든. 이민은 내 인생에서 가장 험난하
고 높은 산이었지만, 그만큼 고생해서라도 넘을 가치가 있었어. 적
어도 나에게는. 생각보다 훨씬 더 혹독한 고생을 하긴 했지만, 그래
도 다행히 그 고생 끝에 달콤한 결실도 얻었고, 평생 해도 괜찮겠다
싶은 직업도 찾았어. 그 모든 과정을 거쳐 지금 이곳에 서 있는 30
대 중반의 나는 더 이상 힘들지 않아.

가슴 아플 정도로 사랑하던 것들을 뒤로하고 도망쳐온 낯선 도시에

서 난 얼떨결에 눌러앉게 됐고, 모두 계획대로 된 건 아니지만 일이 잘 풀렸어. 이곳에서 나는 꽤 괜찮은 어른으로 성장하고 있는 것 같아. 더 바라면 안 될 것 같다는 생각이 들 정도로, 지금 내가 가진 것에 만족해. 조심히 다루지 않으면, 원래 내 것이 아니었을 이 행운이 날아가지는 않을까 두려울 만큼.

한국에서 어디를 향해 걸어가야 할지조차 몰라 난감해하던 20대의 나와 비교해본다면, 난 차마 꿈도 꾸지 못했던 것들을 이뤘고, 크고 작은 행복들을 누리며 살고 있어. 내가 지구 반대편에서 내 이름으로 된 레스토랑을 두 개나 운영하고, 이렇게 내 이야기를 하게 될 거라고는 단 한번도 상상해본 적이 없으니까. 나보다 높은 곳에서 나를 내려다보는 사람들은 비웃을지 몰라도, 나는 지금의 나에게 만족해. 이렇게 오기까지 힘들고 고단했지만, 지금은 우는 날보다 웃는 날이 훨씬 더 많으니까.

여기는 매년 가장 살기 좋은 도시로 뽑히는, 내가 가장 사랑하는 도시 멜버른이잖아. 종잡을 수 없이 들쭉날쭉한 날씨가 흠이기는 해도, 하늘은 언제나 높고 공기는 대체로 청명해. 멜버른의 커피는 소문대로 맛있고, 사람들은 유쾌하고 친절해. 세계 최고의 다문화 도시답게 정말 많은 문화가 공존해. 이 도시에 사는 사람들은 '조금 다른 것'에 대해 거부감이 없고, 새로운 문화를 받아들이는 데 너그러워.

매일 아침 내가 사랑하고, 사람들이 사랑해주는 작은 가게로 출근하고, 좋은 사람들과 노는 듯, 일하는 듯 하루를 보내는 건 고단하지만 즐거워. 우리의 레스토랑은 언제나 사람들로 북적이고 수많은 호주 현지인들에게 사랑을 받고 있어. 수다SUDA는 멜버른 한식 레스토랑 중 팔로어가 가장 많고, 마니아층도 상당히 두터워. 내가 만든 무언가가 대중에게 관심을 받는다는 건 정말 경이로운 일이야.

불필요한 경쟁을 싫어하고 태생이 게으른 나는, 나른한 멜버른의 템포와 잘 맞아. 공휴일에는 꼭 쉬고, 연말에는 무려 3주씩 가게를 닫고 여행을 가기도 해. 어쩌다 운 좋게 한국에서 가게까지 열었다 치더라도, 이렇게 게으르게 운영하는 건 아마 불가능했겠지. 큰 부자는 아니지만 먹고 싶은 것과 사고 싶은 것이 있으면 망설이지 않고 지갑을 열 수 있다는 건 정말 신세계더라. 하루에도 몇 번씩 무언가를 포기하지 않아도 된다는 것(예를 들면 조금 더 비싸지만 먹고 싶은 메뉴를 고른다든지, 힘들 때는 택시를 탄다든지)은 정말이지, 사람의 영혼을 긍정적으로 만들어줘.

내가 의미 있다고 생각하는 일들, 번역 봉사나 멘토링을 가끔 맡아서 할 여유도 생겼고, 언제나 배우고 싶었던 중국어도 틈틈이 강의를 듣고 있어. 난 20대 때 사는 게 바빠서 다들 따는 운전면허도 못 땄거든. 서른여섯 살이 된 이제야 필기시험을 보고, 연수를 받으며 운전면허 시험을 준비하고 있어. 올해 운전면허를 따고, 중국어로 기본적인 회화가 가능한 수준이 되고 나면 그다음에는 수영을 배울 생각이야. 물에서 내 마음대로 자유로울 수 있는 기분은 어떨까, 언제나 궁금했거든.

지금의 내가 완벽하게 행복하다고 할 순 없지만, 행복과 어딘가 가까이 있다는 생각이 들어. 너무 바쁘고, 가끔은 버겁다 느낄 때도 있지만 나라는 사람이 이런 일도 할 수 있고, 이런 꿈도 꿀 수 있는 사람이었다는 것 자체가 아직도 믿기지가 않아. 내가 늘 원했던 '긍정적이고 당당한' 사람이 돼서 살고 있다는 건 상상도 못했던 행운이야. 그리고 이렇게 사는 기회가 주어졌다는 것에 대해 언제나 감사히 여기고 있어.

9년 전, 어리고 꼬이고 상처 입고 예민하고 자격지심과 패배감에 똘똘 뭉쳐 있던 나와, 그런 나를 고려장이라도 하듯 내다버리고 싶은 심정으로 지구 반대편으로 도망쳐온 앨리스는 거의 다른 인격체에 가까워. 몰라볼 정도로 성장해 있는 다음 장의 인물 정도가 아니라, 아예 다른 이야기에 나오는 별개의 인물이라고 하는 편이 더 정확할 것 같아.

앨리스는 구김 없이 밝아. 꼬인 구석이라고는 없고 원래부터 자신감 있고, 잘나가던 사람처럼. 예전부터 원하는 걸 가졌고, 그걸 자연스럽게 여기고 살아온 양 웃고 떠드는, 누군가와 관계 맺는 걸 두려워하지 않는 그런 사람. 좀 쿨하고 멋진 그런 스타일 있잖아. 하지만 한국에 내가 놓고 온 가영이는, 모든 면에서 반대야.

새로운 환경에서 살아서 새로운 자아가 나온 건지, 아니면 호주라는 사회가 내게 잘 맞아서 성격이 긍정적으로 바뀐 건지는 아직도 잘 모르겠어. 한국에서는 그렇게 힘들었던 내가, 왜 호주에서는 이렇게 많이 웃고 잘 살고 있는 걸까. 그게 정말 궁금했던 나는 아주 오랜 시간 동안 고민하고, 호주와 한국을 관찰했어. 그리고 앞으로 거기에 대해 이야기를 해보려 해.

한국과 호주라는 아주 다른 두 사회에 대해.
왜 한국에서는 괜찮지 않았는데, 호주에서는 괜찮은 건지에 대해.

#04

모든 게 공짜,
그리고 나도 공짜인 나라

세상에 불편한 걸 좋아하는 사람이 어디 있겠어. 복잡한 세상, 편할
수록 좋은 거지. 만약 네가 편리함과 효율성을 추구하는 사람이라
면, 지금 살고 있는 한국이 네겐 최고일 수도 있어. 많은 나라를 가
본 것은 아니지만 내가 제일 잘 아는 한국과 호주 두 나라만 비교해
도, 한국이 얼마나 편리하고 빠른 나라인지 알 수 있거든. 사실 호
주와 비교할 수도 없는 수준이야.

중국어 공부를 하려고 인터넷 강의를 수강한 적이 있어. 아무도 인
터넷을 안 쓰는 새벽에 몇 시간씩 들여 동영상 자료를 다운로드 받
아놓아야 했어. 그렇게 용량이 큰 것도 아닌데, 스트리밍으로는 제
대로 볼 수 없을 만큼 인터넷 속도가 느리거든. 심지어 나는 완전히
도심에 살고 있는데도 말이야.

호주에서는 모든 일이 더디게 진행돼. 한국과 비교했을 때, 한국보다 수월하게 처리되는 일은 정말 하나도 없는 것 같아. 인터넷 신청도 눈 깜짝할 사이에 처리되는 한국과 달리, 이곳에서는 한 달 정도는 대기해야 돼. 신청해두고 2주 정도가 지나면 '설치가 가능한지'에 대한 답을 받고, 또 다음 절차가 진행될 때까지 기다려야 해. 그래서 무언가 고장이 나거나, 서류를 떼야 하는 일이 생기면 일단 한숨부터 나와. 얼마나 기다려야 할까. 또 무슨 서류를 내라고 할까. 기다리는 것도 기다리는 거지만, 여기는 모든 서비스가 돈이거든.

노트북이 고장 난 상황을 예로 들어볼게. 업체에 맡기면 노트북을 일단 뜯어서 고칠 수 있는지 없는지 알아봐야 하잖아. 일단 기술자가 노트북을 뜯었다 하면 최소 5만원을 내야 해. 수리가 가능한지, 불가능한지와 상관없이. 실컷 뜯어보고 '이거 못 고쳐, 딴 데 가서 알아봐'라고 말해도 나는 일단 이 기술자가 나를 위해 쓴 시간에 대가를 지불해야 해. 5불짜리 피자를 시키는 데도 배달 비용으로 5불이 필요해. 한국에서는 간단하게 한 끼 식사 정도는 때울 수 있는 돈을 배달 비용으로 지불해야 한다는 것에 처음에는 뜨악했었어. 그런 호주에 익숙해진 내가 한국에 갈 때마다 매번 느끼는 것은, 모든 게 너무 빠르고 잘 돼 있다는 거야. 이 정도까지 모든 일이 빨라야 할 필요가 있나 싶을 정도로. 특히 몇몇 서비스는 겨우 이 돈을 내고 누려도 될까, 싶을 정도로 수준이 높아서 나는 매번 충격을 받아. 몰랐던 것도 아니면서. 나도 9년 전까지만 해도 저렇게 무릎을 꿇고 주문을 받았으면서 말이야.

언제부터인가 나는 더 이상 한국에서 무료 혹은 헐값으로 제공받을 수 있는 편안함이 즐겁지가 않아. 단돈 5,000원짜리 짜장면을 손 하나 까딱하지 않고 집까지 배달시켜 먹을 수 있는 것도, 분명 비싼 곳이 아닌데 뼈를 골라내고 먹기 좋게 발라주는 극진한 서비스도, 눈만 마주치면 자동으로 지어주는 미소와 상냥한 얼굴들도, 아침에 주문하면 저녁에 받을 수 있는 미친 속도의 택배 서비스도. 추가 비용을 지불하지 않고도 24시간 내내 즐길 수 있는 모든 것들이, 나는 이제 진심으로 하나도 반갑지 않아.

편할수록, 편하다고 느낄수록 한편으로는 불편해지는 마음을 견딜 수가 없어. 편안함에 취해서 못 보고 있을 뿐, 무언가 분명히 잘못되었다는 생각이 드는 거야.

나는, 그리고 아마 이 책을 읽고 있을 너도 노동을 해서 먹고사는 사람일 거야. 우리끼리 노동을 헐값으로 주고받고 있는 것 같지 않니? 인터넷 수리 기사인 누군가는 금 같은 기술과 시간을 아낌없이 쏟으면서도 그만한 대가를 받지 못하고, 집에 와서 짜장면을 시켜 먹을 거야. 그럼 또 누군가는 헐값으로 그 짜장면을 만들고 배달을 하겠지. 미용실 견습생인 누군가도 손님들의 머리를 감겨주며 겨우 입에 풀칠할 정도의 돈을 받고, 그 돈으로 다른 어딘가에서 또 헐값으로 편안함을 누릴 거야.

서비스가 돌고 도는데 우리는 모두 가난하고, 돈을 버는 건 기업과 자본가라는 사실이 슬퍼. 우리의 기술과, 시간과, 미소를 헐값에 사서 헐값으로 제공하고 그 대가를 챙겨 기업들은 커져만 가고, 우리는 편안함에 취해 이 시스템 자체가 근본적으로 잘못되었다는 걸 인식하지 못하고 있다는 생각이 들어.

누군가가 시간을 할애해서 나에게 무언가를 제공했다면, 그 대가를 지불하는 게 맞는 거잖아. 세상에 공짜는 없으니까, 내가 공짜로 무언가를 얻었다는 건 누군가가 그만큼 손해를 봤다는 뜻이겠지. 내가 집에서 따끈한 햄버거를 배달시켜 먹을 수 있는 건 누군가가 생명을 담보로 빠르게 배달했기 때문에 가능한 거야. 나는 그렇게 편하게 햄버거를 먹고, 일터에서 내가 한 노동보다 더 낮은 대가를 받을 수도 있어. 얼굴도 모르는 누군가는, 또 내 노동력으로 이득을 취하겠지.

이렇게 생각하게 된 후부터는, 호주에서 돈과 시간을 더 써야 하는 게 더 이상 억울하거나 아깝다고 느껴지지 않아. 음식 값에 비해 터무니없이 비싼 배달 비용도, 머리를 자르는 비용과 별개인 머리를 감겨주는 비용도, 한국에서는 무료로 받을 수 있는 모든 상담 서비스에 내는 돈도. 이 사람들이 자신의 귀중한 기술과 시간을 나를 위해 썼으니, 나는 그에 상응하는 대가를 지불하는 게 맞아. 거기에 불만을 제기하지 않아야, 나도 내 차례가 왔을 때 당당하게 나의 몫을 요구할 수 있을 테니까.

지금 나를 위해 이 크고 작은 서비스를 제공하는 사람도, 나와 같은 사람이잖아. 너무 편리함과 효율만 쫓다 보면 잊어버리게 되는 것 같아. 이 헐값의 편리함을 만들고 있는 건 바로 우리 중 한 명이란 걸 말이야. 이 모든 게 사람이 만들어내는 기적이라는 걸.

중요한 게 무엇인지는 나도 정확히 모르겠어. 호주가 한국보다 살기 좋은 점도, 한국이 호주보다 살기 좋은 점도 분명히 존재해. 하지만 나처럼 생각이 많은 사람이라면, 확실히 한국보다는 호주가 살기 편한 나라인 것 같아. 여기서의 '편하다'는 한국에서 보통 생각하는 것과는 많이 다르겠지만. 나는 한국에선, 몸은 편하지만 항상 마음이 불편했거든. 호주에서는 돈 나갈 일도 많고, 몸은 여러모로 불편하기도 하지만 이제 익숙해져서일까, 마음만은 한국에 있을 때보다 훨씬 편해.

불편하고 느린 호주, 모든 것이 빠르고 편리한 한국.
너에게 더 맞을 것 같은 나라는, 어느 쪽이니?

05

내 조국,
경쟁과 혐오의 나라

2,477만 명이 7,741,220km²에 살고 있는 호주,
5,180만 명이 99,720km²에 살고 있는 한국.

한국이 호주보다 인구가 두 배 많은데, 호주가 한국보다 70배 넓대.
실감이 나니? 생각해봐, 호주에서는 한 명이 살고 있는 땅에 한국
에선 140명이 살고 있다는 거잖아. 이걸 생각하면 정말 소름이 돋
을 정도야.

물론 저렇게 단순히 말할 수 있는 문제는 아니야. 왜냐하면 호주 대
부분의 땅은 개발되지 않은 황무지나 사막이라, 사람이 살기엔 너
무 척박한 환경이거든. 이렇게 거대한 땅덩이라도 실제로 사람이
살 수 있는 면적은 그렇게 넓지 않아. 저 2,477만 명의 인구는 대부

분이 해안가를 따라 발달된 도시와 그 근교에 거주해. 그렇다고 쳐도, 저 정도면 인구 밀도에서도 당연히 차이가 클 거야. 호주는 여전히 인구부족국가 중 하나고, 한국의 인구 밀도는 세계적으로도 손꼽힐 만큼 높으니까.

너무 간단명료하지 않아? 한국이 왜 그렇게 경쟁 사회인지, 한국에서 왜 그렇게 취업난이 심각한지 깊게 고민할 필요도 없을 것 같아. 저 숫자가 말해주고 있으니까. 너무 좁은 나라에 너무 많은 사람들이 모여 있는 거야. 터무니없이 모자란 의자를 가지고 하는 의자 잡기 놀이처럼 일자리도, 집도, 좋은 학교도, 유치원도……. 애초에 의자가 모자라고 게임에 참가한 사람은 너무 많은데, 그 게임이 쉬울 리가 있겠어? 내가 다음 의자에 앉을 수 있을지 없을지도 모르는 판국에, 나보다 한 발 먼저 의자에 떡하니 앉은 사람에게 진심 어린 축하를 건넬 수 있을까? 내가 앉기 위해, 다른 사람을 밀어내고 싶은 사람이 생기는 게 자연스럽지 않을까.

경쟁을 싫어하는 내가 어릴 적부터 왜 그렇게 힘들었는지, 멀찌감치 서서 떠나온 조국을 바라보며 내린 결론이야. 애초에 경쟁을 할 수밖에 없는 구조구나. 애초에 경쟁을 해야만 하는 사회였어. 경쟁이 불가피했던 거야. 경쟁하기 싫다고 해서 피할 수 없는 거지. 경쟁을 거부하는 순간, 나는 저리로 밀려나고 별종 취급을 받았겠지. 젊고 건강할 때는 어떻게든 살겠지만, 한편으로는 다가올 노후를 걱정해야 했을 거야.

사람은 정말이지 참 단순한 것 같아. 모두가 각자 짐을 들고 있다는 걸 알지만, 다들 결국은 본인이 들고 있는 짐의 무게만 느낄 수 있잖아. 일단 내가 배고프지 않아야, 옆에 있는 네가 밥을 먹고 있는지, 아닌지 궁금해지는 건 너무 당연해. 사람은 내 감정만 느낄 수 있으니까. 내 밥그릇이 보장되지 않고, 내가 힘들어 죽겠는데 다른 사람의 안위를 먼저 돌본다는 건 진짜 어마어마한 성인군자일 때나 가능할 거야.

혹시 간호사 임신 순번제라는 말을 들어봤니? 병원에서 암암리에 이루어지던 관례 비슷한 건데, 미디어에서 몇 번 다뤄지면서 꽤나 크게 이슈가 됐었어. 임신 순번제는 말 그대로 '순번' 제도야. 병원에서 근무하는 간호사들이 돌아가면서 임신을 하고 출산을 하도록 순번을 정해주는 거야. 그래야 그 엄청난 업무에 차질이 가지 않고 팀이 고생하지 않으니까. 순번이 아닌데 임신을 하면 엄청난 비난을 받고, 퇴사하라는 압박을 받는 경우도 많대. 너 하나 빠지면 남은 사람들이 그 많은 일을 다 해야 하는데, 그걸 알면서 자기 관리

하나를 못해서 팀에 민폐를 끼치냐고. 믿기지가 않아서 내 주변 간호사들한테 물어봤어. 모두가 그런 건 아니지만, 간호사들 사이에 선 공공연한 이야기라더라. 업무 강도가 높은 곳일수록 어쩔 수가 없다는 거야. 다들 이 말도 안 되는 관례가 잘못돼 있다는 걸 알면서도, 다른 방도가 없고 상황을 변화시킬 힘이 없대. 자조적인 미소를 짓고 담담하게, 그게 현실이라고 이야기하는 친구 앞에서 나는 가슴이 갑갑해졌어.

처음에는 사람들이 이기적이라고 생각했어. 그런데 생각할수록 사람 탓이 아닌 것 같더라. 임신한 동료를 비난하는 동료 간호사들이 유난히 나쁜 사람들일까? 진짜 솔직히 말하면, 나도 저 상황에 놓여 있다면 임신을 '핑계'로 일을 떠맡기는 동료에게 대놓고는 아니라도, 은근히 눈치를 줬을 것 같거든. 진짜 곰곰이 생각해봤는데, 나도 다르지 않을 것 같더라. 생각해봐, 둘이 해도 벅찬 일을 이제 한 명이 하게 됐어. 너는 지금도 너무 많은 짐을 지고 있는데, 어떤 이유든 간에 옆 동료가 자기 짐을 너에게 더 얹어주고 간다면, 너는 그 동료를 위해 기뻐해줄 수 있겠니.

멜버른의 호텔 레스토랑에서 일할 때, 내 동료가 임신을 한 적이 있었어. 물론 호텔 레스토랑은 업무 강도가 높은 편이야. 그런데 내가 이끄는 팀에서 한 명이 빠지게 된 거야. 나는 그 팀원이 빠진 6개월 동안 호텔에서 고용한 '에이전시 요리사'와 함께 일했어. 에이전시 요리사는 프리랜서 개념으로 단기로 계약해서 일하는 요리사야. 호주에서는 모든 업종에 그렇게 단기로 '땜빵'을 뛰는 프리랜서들을 관리하는 에이전시가 있어. 에이전시 간호사, 에이전시 드라이버, 에이전시 수리공이라는 개념은 호주에서 굉장히 흔해. 임신한 동료가 내려놓은 짐을 내가 다 떠맡지 않아도 된다는 사실을 아는 나는, 그녀를 꼭 안아주고 진심으로 축하를 건넸어. 모두가 꽃다발과 케이크로 그녀를 축하했고, 6개월 후 그녀는 아무렇지도 않게 업무에 복귀했어.

내 직장이 그랬던 것처럼, 호주의 직장 대부분에서는 장기 병가나 휴가로 인해 인원이 모자라면 대체 인력을 쉽게 구해서 보충할 수 있고, 그런 것들이 제도적으로 어느 정도 보장되어 있거든. 특별한 일이 아니야. 호주는 휴가를 보통 1년에 최소한 4주 정도는 가기 때문에, 그런 제도가 자연스럽게 정착됐겠지. 호주 사람들이 더 착하고 너그럽기 때문에 임신 순번제가 없는 걸까? 서로를 배려하고, 어두운 곳을 돌볼 줄 알고, 약자들의 권리에 관심이 많은 게 그저 호주 사람들이 한국 사람들보다 인격적으로 우수해서일 거라고 생각하니? 내 생각에 그건 아닌 것 같아.

누구나 비슷할 거야. 너 역시도 몸이 안 좋아 보이는 직장 후배를 본다면, 편하게 집에 가서 쉬라고 하고 싶을 거야. 내게 짐이 더 얹어지지만 않는다면 결혼하거나 임신한 동료를 진심으로 축하할 수 있겠지. 너 역시도 동료가 임신한다고 했을 때 내가 받을 피해부터 먼저 계산하는 자신이 짜증스러울지도 몰라. 너도 아픈 누군가의 손을 잡아주고 싶어 하고, 동료를 진심으로 축하하고 위로하는, 더 좋은 사람이 되려고 노력하는 사람일지도 몰라. 네 마음처럼 되지 않는 상황들, 점점 팍팍해지는 자신이 싫어질 수도 있겠지.

나는 그랬어. 시간이 갈수록 점점 나만, 내 이익만, 내 안위만 돌보게 되는 내가 마음에 들지 않았어. 나는 절대로 저렇게 되지는 말아야지 생각했었는데, 내가 선배, 상사 혹은 어른이 되면 나는 다를 거라고 확신했었는데, 더 이상 그렇게 자신만만하게 말할 수가 없더라. 여유롭고 친절한 사람이 되고 싶었는데, 그럴 수 없는 상황에 놓이는 게 짜증나고 싫었어.

살다 보면 무슨 일이 언제 생길지 모르는 거잖아. 갑자기 아프거나, 장애가 생겼거나, 임신이나 출산을 했을 때 본인은 물론 타인들도 피해를 받지 않도록 제도적인 장치가 마련돼 있어야 한다고 생각해. 내 밥그릇이 모자라고 나도 죽겠는데, 남의 짐까지 떠맡거나 내 것을 덜어줘야 한다면 당연히 남이 미워질 거야. 그리고 이기적으로 변하는 자신에게 혐오를 느끼겠지. 지금의 한국에 '혐오'가 만연해진 원인은 사람이 아니라 사회와 제도라고 생각해. 경쟁과 혐오는 한국인의 '종특'이 아니라, 사람의 심리가 아주 당연하게 작용하는 거라고.

이건 구조상의 문제고 시스템의 문제야. 결코 개개인의 인성이나 국민성 때문이 아니라고 생각해. 나 자신의 안위가 급급한 곳에 사느라 서로 독려해주고, 축하해주고, 행복을 빌어줄 수 없는 곳에 산다는 게 모든 문제의 시작인 거야. 물론 호주라고 해서 모든 제도적 장치가 마련돼 있는 건 아니고, 한국이라고 해서 모든 곳이 그렇게 각박하지만은 않아. 하지만 사회 전반적으로 시스템이 아직 갖춰지지 않은 곳이 많으니까.

나는 이미 떠나온 내 조국에 대해, 한국에 있을 때보다 오히려 더 많은 생각을 해. 호기심이 많은 대신 경쟁심은 없었던 내가 왜 집을 떠나 여기에 있고, 나와 비슷한 많은 청년들이 왜 자꾸 탈조선을 꿈꾸는지, 왜 나는 불행했고 힘들었는지, 그게 정말 궁금하거든…….

06

너는
나잇값을 잘하니?

한국에서 사회생활을 잘한다는 건, '얼마나 빨리 자기 위치를 파악하고, 그 위치에서 해야 한다고 여겨지는 행동을 얼마나 잘하느냐'의 문제 같아. 보통 사람을 만나면 먼저 통성명을 하잖아. 나이는 몇 살이며, 어떤 위치에서 무엇을 하는 사람인지. 가끔 보면 그런 상황에서 모인 사람들을 빠르게 스캔하고, 아 내 위치는 저기쯤이겠구나, 파악해 자연스럽게 '처신'하는 사람이 있거든. 그런 유형이 통상적으로 말하는 '사회생활 잘하는' 사람들인 것 같더라고.

두 명 이상의 사람을 처음 알게 된 상황이라고 하면, 나이와 학년, 직급 같은 요소를 먼저 빠르게 스캔하고 내가 어떤 역할을 맡아야 할지 결정하는 거지. 싹싹하고 개념 있는 막내가 돼서 귀찮은 일도 도맡아 하고, 식사할 때 식기와 물 정도는 알아서 챙기는 센스를 발휘할지, 아니면 언니나 선배로서 식사는 흔쾌히 계산하고, 촐랑거리는 언행은 삼가면서도 만만하지 않은 모습을 보일지. 이것부터 먼저 파악해야 해. 그래야 내가 어떻게 행동해야 하는지 알 수 있잖아. 멋모르고 행동했다가는 '어린 주제에 개념 없이 군다'든지, '나이도 많은 게 나잇값을 못한다'라는 말을 듣기 십상이야.

나는 이걸, 정말 못해. 내 뇌 구조에는 위아래라는 개념이 없나봐. 그쪽으로는 정말 어렸을 때부터 유난히 둔했어. 맏이로 태어났는데도 동생들에게 언니 노릇, 누나 노릇을 한 적도 없고 대우를 받아본 적도 별로 없어. 늘 우리는 동등하다고 느꼈고, 그렇게 살아왔어. 다른 이야기지만, 나는 뇌에 아무런 이상이 없는데도 왼쪽, 오른쪽을 잘 구분하지 못하거든. 다른 사람들보다 더 오래 걸려. 이것도 비슷한 맥락이야. 소통을 못하는 것도 아니고 공감 능력이 떨어지는 것도 아닌데, 위계질서, 상하라는 개념은 내겐 너무 어려워.

한국에 있을 때는 말이야. 학교, 직장, 알바 그 어느 곳에 들어가든, 내 윗사람들은 나를 엉뚱하고, 개념 없고, 윗사람에게 해야 할 도리를 모르는 애라고 생각하곤 했어. 다들 나를 직장생활에 진지하지 못하고, 고집도 세고 사회생활도 못하는 사람이라고 생각했지. 그런 나를 편하다고 좋아하는 사람들도 있었지만, 개념 없다고 싫어하는 사람들이 더 많았어. 원치 않게 언니, 누나, 선배, 상사 역할을 맡으면 더 힘들었어. 날 철딱서니 없고, 옷차림도 격식 없고, 쩨쩨하게 더치페이를 좋아하고, 기댈 구석이라곤 없는 덜 떨어진 사람이라고들 생각했거든. 그런 나를 만만하게 생각하거나 업신여기는 사람들도 많았어.

지금의 나는 두 개의 레스토랑을 운영하는 오너니까, 아무리 덜 떨어져 보여도 나를 우습게 보진 않아. 하지만 예전에는 참 모자라고 만만하다는 이야기를 많이 들었어. 특히 남자 동생들은 이상하게 나한테 '누나'라고 잘 안 부르더라. 왜 그런지 모르겠는데, 장난스럽게 '가영 씨'라고 부르거나 별명, 아니면 영어 이름인 앨리스로 부르곤 했어. 이상하게 누나 같지 않나봐. 나는 그게 훨씬 편했어. 누가 나한테 존댓말을 쓰고 깍듯이 대하는 건 견딜 수가 없었거든. 그렇게 편하게 대해주는 친구들이 훨씬 더 좋았어.

어릴 때부터 이해가 가지 않았거든. 그래 봐야 한두 살 차이인데 왜 언니들한테 부모님한테 하는 것보다 깍듯하게 대해야 하는지, 복학생 오빠들은 왜 하늘같은 어른처럼 굴고, 그들에겐 학생들 앞에 군림할 수 있는 권리가 주어지는지. 왜 우리는 같은 곳에서 알바를 하며 비슷한 돈을 버는데, 한두 살이 더 많다고 해서 왜 내가 밥을 사쥐야 하는지, 나랑 비슷한 월급을 받는 이 언니는 왜 죽자고 내가 돈을 못 내게 하는지 도무지 이해가 안 되는 거야. 고작 한 살 많은 썸남은 왜 나를 애 취급하며 네 돈은 나중에 너 맛있는 거 사 먹을 때 쓰라고 하는 건지 이해가 가지 않았어.

진심으로 나에게 밥을 사주고 싶다기보다는 '더치페이하자고 하면 쩨쩨해 보일 것 같으니까' 밥을 사주는 것 같은 사람들이 많았거든. 아무리 나이 많은 사람이라도, 얻어먹으면 빚을 진 것 같은 기분이라 난 그럴 때마다 카운터 옆에서 쭈뼛거리고 있었어. 고맙기도 했지만, 부담스러운 마음이 더 컸지. 당연히 내가 사준다고 생각하고, 계산서를 쳐다보지도 않는 동생들도 물론 불편했어. 우리 모두 경제 활동을 하는 성인들이고, 버는 것도 고만고만한데 왜 몇 살 더 먹었다고 해서 밥을 사주는 게 의무가 되는지, 이해가 되지 않았어. 이런 '나잇값'을 하는 게 힘들었고, 힘듦을 떠나서 정말 싫었어.

그냥 가끔은 내가 사기도, 네가 사기도 하고, 부담스러울 때는 각자가 편하게 내기도 하면서 나이에 상관없이, 만나서 즐거운 시간을 보내며 돈은 그저 자연스럽게 쓰면 안 되는 걸까, 싶었거든.

나는 별로 언니 노릇이나 동생 노릇을 하고 싶지 않고, 체질에도 안 맞아. 내가 상사라고 해도, 업무에서만 '상사답게' 잘 처리하고 소통하면 되지, 업무와 상관없는 영역에서도 상사다워야 할 필요가 있을까? 말투, 성향, 심지어 옷차림까지도 상사다워야만 하는 걸까? 또, 내가 후배로서 열심히 배우고, 맡은 일만 잘 하면 되지 사석에서까지 막내 노릇을 하며 알아서 굽실거리고, 싹싹해야 할 필요가 있어? 그 나이에 맞는 나잇값이란 건 도대체 누가 정한 거니.

얼마 전 한국에 갔는데, 내 친구 한 명이 내게 말하더라.

> 야, 이런 말 해줄 사람 없을 것 같아서 하는 건데, 나이 먹으면
> 나이에 맞게 옷 입고 행동하는 게 주위 사람들에 대한 예의야.
> 넌 남 신경 안 써서 편할지 몰라도 우리는 불편해.
> 어릴 때처럼 철없이 행동하는 거 고치려고 노력해봐.
> 외국에서는 상관없어도 여기는 한국이잖아.

쫙 빠진 양복 차림으로 3년 만에 보는 내게 명함을 건네며 "오랜만이다" 인사를 건네던, 대기업 대리가 된 친구는 술이 몇 잔 들어가니까 물꼬가 터진 듯 잔소리를 늘어놨어. 그 나이에 후드 티가 뭐냐, 화장이라도 해라, 넌 아직도 네가 20대인 것 같냐, 피터팬 증후군이다……. 한참 어린 동생에게 하듯 잔소리를 퍼붓던 그 친구는,

벌 만큼 번다는 나를 밀어내고선 기어코 자기가 계산하더라. 완벽한 어른의 옷으로 갈아입고 날 내려다보는 친구를 보며, 무슨 말을 해야 할까 한참 생각했어. 웃으면서 변명 아닌 변명을 했지.

야, 어린 척하는 게 아니고. 원래 입던 대로 입는 거야.
나 원래 발 이상해서 구두도 못 신고, 성격상 불편한 옷도 못 입어. 원래 어릴 때부터 이 차림이었잖아. 내가 정장이나 원피스 입은 거 본 적 있냐. 난 그냥 편하게 입을 뿐이야. 튀어서 남들 불편하게 하려는 게 아니고. 그냥 변하지 않은 거라고.

내가 변한 게 아니고 네가 변한 거야, 라는 마지막 말은
결국 음식과 함께 씹어 넘겼지만.

이런 일들과 부딪치면 당장이라도 호주에 돌아가고 싶어져. 맛있는 음식과 친구들, 가족들, 오랜만의 한국 생활을 즐기다가도 호주에 가고 싶어져. '30대 중반 여자'가 아니라 그냥 '앨리스'로 살아도 아무도 신경 쓰지 않고, 뭐라고 하지도 않는 곳으로. 오래된 옷을 꿰어 입고, 하루 종일 장난만 쳐도 내 일만 똑바로 하면 아무도 무시하지 않는 멜버른으로 말이야.

나는 언니인 것이, 동생인 것이, 윗사람인 것이, 아랫사람인 것이 스트레스야. 나는 나이와는 상관없이 성숙한 사람의 말은 귀담아듣고 싶고, 친해지고 싶은 사람에겐 스스럼없이 다가서고 싶고, 기분 좋을 때는 푼수 떨고 싶고, 배울 점이 있는 사람에게는 배우고 싶어. 내가 나인 채로 있어도 문제가 되지 않고, 나잇값 못한다는 소리를 듣지 않아도 되는 곳에서 살고 싶어. 서양에는 '그 나이에 맞는'이라는 개념이 별로 없어. 워낙 개인적이다 보니, 어떤 조직에서 나이나 위치에 개인이 맞춰야 한다는 생각을 안 해.

한국에서는 먼저 특정한 조직을 이루고, 각 개인들에게는 그 조직의 성격에 맞는 어떤 역할이 부여된다면, 호주에서는 모두 제멋대로인 조각이 모여서 그 조직의 성격이 형성되는 것 같아. 한국은 선 조직, 후 개인이며 호주는 선 개인, 후 조직인 거지. 내가 조직에 맞추는 게 아니고, 모두 다른 내가 모여서 조직이 형성되는 거야. 어떤 나이이기에 맞추어야 하는 암묵적인 행동 강령이 없어서 내겐 이곳이 정말 편해. 물론 이런 걸 불편해하는 사람들도 많더라. 성격 차이겠지만, 그런 면에서 내가 있어야 할 곳은 호주인 것 같아.

서른여섯 살인 나는, 자발적으로 색조 화장을 해본 적이 다섯 손가락에 꼽히고, 구두를 신은 적도 별로 없어. 이 나이에도 손톱은 다

물어뜯고, 정장 차림의 내 모습은 너무 오글거려서 견딜 수가 없어. 예순일곱 살인 친구 조니와 치맥을 하며 연예인 이야기를 나누고, 인생 상담을 서로 주고받는 게 좋고, 가끔은 나보다 열두 살이 어린 레스토랑 매니저 제니에게 혼나기도 해. 나이와 위치에 따른 암묵적인 행동 따위는 몰라도 되고 그저 한 사람, 한 사람이라는 것에만 초점을 맞춰도 된다는 게 그렇게 마음이 편할 수가 없어.

대기업에서 초고속으로 과장까지 승진한 한 친구는 이렇게 말하더라. 너 같은 애는 스무 살 때 군대 보내서 조직이 뭔지, 사회생활이 뭔지 머리에 심어놨어야 하는데, 그러지 못해서 이렇게 덜떨어져가지고 결국 외국으로 도망가 버렸다고. 좋은 친구 한 명 보내서 아쉽다고. 그 친구는 자기 위치가 명확하지 않은 게 훨씬 힘들대. 사람들에게 신임을 받고, 조직에서 필요한 사람이 되는 편이 체질에 맞아서 즐겁다면서. 정해진 게 없으면 옷 입고, 말하고, 행동하는 것 하나하나 다 생각해서 해야 하는데, 그게 더 힘들지 않아? 최소한 어느 정도 가이드라인이 있으면 그것만 따라가면 되니까 훨씬 쉽잖아, 그렇지 않아? 그 말도 일리가 있다 싶더라. 모두들 자기가 잘하는 것이 재미있고, 편한 거겠지. 나는 그 나잇값이란 게 어렵고, 서투니까 재미없고 힘들었을 거야.

너는 어떤 스타일이니? 사회생활을 잘하는 편이니, 아니면 나처럼 힘들어하는 편이니? 사실 정확히 말하면, 난 사회생활을 못하는 건 아니야. 하면 하는데, 에너지 소모가 크고 회의감을 느끼는 거지. 나이에 맞춰 행동하지 않아도 된다는 게, 내겐 무거운 굴레를 짊어지고 있다가 내려놓은 기분이었어. 주눅 들고, 어떻게 해야 남들을 따라갈 수 있을지 몰라 구석에 쪼그려 있던 내가, 남들의 속도와는 상관없이 내 걸음을 걷기 시작한 거야. 사실 그렇잖아. 남이야 빠르든 느리든, 어차피 이건 내 길이잖아.

비교할 상대가 있는 트랙에서 뛰다가, 지금은 해변이나 공원에서 자유롭게 뛰는 느낌이야. 남들이 뭘 하든 전혀 상관없이, 뛰어도 되고 걸어도 되고 심지어 누워서 쉬어도 되는, 비교도 승부도 없는 각자의 달리기. 각자 이어폰을 꼽고 다 다른 음악을 들으며, 남들의 속도에 신경 쓰지 않고, 각자가 가고 싶은 방향으로 가는 그런 달리기를 하는 것 같아.

나는 만약 네가 싫다면 굳이 남들 속도에 맞추지 않았으면 좋겠어. 느리더라도 원하는 방향으로 간다는 게 중요한 거잖아. 한국에서는 최대한 빨리 목적지에 다다라야 하고, 마치 고속도로처럼 남들에게 맞춰 달려야 하는 게 제일 중요해 보이겠지만, 결국 다른 사람들과는 상관없는 네 달리기잖아. 외롭겠지만, 결국에는 너만의 달리기라는 게 제일 중요한 것 같아.

나이는 사람을 구성하는 많은 요소 중 아주 작은 부분일 뿐이야. 나이라는 사소한 것에 너를 맞추지 않았으면 좋겠어. 나를 깎아내 어딘가에 끼워 맞추는 것보다, 그대로의 모습으로 있어도 괜찮은 곳을 찾든지, 아니면 그런 환경을 만들려고 노력하는 게 더 편할 수도 있으니까. 내가 그랬듯이 말이야.

07

너와 나의
다른 괜찮음

나는 괜찮은 것이, 너는 괜찮지 않을 수도 있다.
그걸 알게 되는데 굉장히 많은 시간이 걸렸어.

예를 들면 내가 너한테 장난을 쳤다고 해봐. 네가 나한테 했어도 난
아무렇지 않았을 가벼운 장난. 그런데 네가 기분 나빠 하면, 나는
어렸을 때는 그걸 이상하다고 생각했거든. 지금도 기억나는 건 아
직도 친하게 지내는 친구 민아와 고등학생 때 있었던 일이야. 민아
가 흰색 새 운동화를 신고 왔는데, 신고식을 한답시고 민아의 하얀
운동화를 밟았어. 그런데 갑자기 민아가 우는 거야. 정말 서럽게.
그때 나는 떠밀리듯 미안하다고 했지만, 솔직히 진심은 아니었어.
이상하고 예민하다고 생각했어. 나였으면 아무렇지도 않을 텐데 왜
저럴까, 하면서. 그런 일들 때문에 어렸을 때 무심한 나와 섬세한

민아는 서로를 불편해했어. 지금 생각해보면 내 잘못이었지. 지금 가장 친한 친구가 된 것도 사실 신기할 정도야.

아무튼, 굉장히 나중에야 깨달았어. '나라면 괜찮을 텐데'라는 생각이 얼마나 위험한지, 그 생각이 많은 사람을 아무렇지도 않게 상처 줄 수 있을 만큼 위험하단 걸 말이야. 나라면 괜찮다는 건 아무런 의미가 없는 생각이란 걸 이제야 배워가고 있어. 모두 상처받고, 화가 나는 부분은 각자 다르잖아. 100명이 있다면 100명 모두 다르겠지. 이를테면 난 친구끼리 가벼운 욕을 하는 것에 거부감이 없는데, 누군가는 그걸 굉장히 싫어해. 또 난 개인적인 일을 꼬치꼬치 캐묻는 게 별 상관이 없는데, 누군가는 부담스러워 해. 반면에 난 스킨십이라면 뭐든 불편한데, 다른 누군가는 아무렇지 않을 수 있겠지. 누군가는 불편해하고, 누군가는 아무렇지도 않은 지점들이 무수히 많아.

나는 한국에 갈 때마다 이런 일들 때문에 힘들거든. 내 불편한 점을 존중해주지 않는 사람들이 너무 많은 거야. 원래도 개인적인 성향이 강했던 데다가 외국생활을 10년 가까이 하며 그 성향은 더욱 강해졌고, 불편해하는 점도 많아졌어. 한국에 있었을 때의 나였다면 조금 불편할지라도 좋은 게 좋은 거라며 넘겼을 거야. 하지만 이제는 적극적으로 불편함을 드러내고, 그래서 갈등이 더 많이 생기는 걸지도 몰라.

호주는 애초에 뿌리가 다른 문화권에서 온 구성원들로 이루어진 나라야. 그리고 땅덩이도 워낙 넓기 때문에 같은 호주 사람이라도 갖고 있는 성향이나 문화, 상식이 달라. 정규교육이 있다고는 하지만 교육 방식도 모두 다르지. 반면 한국은 단일문화권인 데다가, 규격화된 정규교육을 받고, 땅덩이가 좁기 때문에 '나와 너는 완전히 다르다'는 인식이 호주에 비해 약해. 호주는 사람들이 모두 개인적이고, 상대방이 나와 같은 문화를 공유하지 않을 수 있단 걸 알기 때문에 서로의 감정을 건드리지 않으려고 노력하거든.

호주가 좋고 한국이 나쁘다는 게 아니야. 그냥 다르다고.
그리고 호주에 익숙해진 나는 가끔 어색하고 낯설어서
불편할 때가 있다는 거야.

같은 맥락에서, 한국에 갈 때마다 나는 불편해하지만 상대방에게 이해시키기 힘든 것 중 하나가 시도 때도 없이 불쑥 들어오는 외모 지적이야. 갑작스레 성형 권유나 옷차림 지적을 받으면 난 표정 관리가 안 돼. 그런데 한국에서는 너무 일상적으로 주고받는 말들이라 그런지, 그걸 불편해하는 내가 이상한 사람이 되더라. 사실 나는 그런 지적에 대해 유난히 거부감이 심했거든. 한국에 살 때부터.

어떤 아주 절친한 여자친구들의 모임이 있다고 해봐. 그 안에서는 서로 외모나 옷차림에 대해서 평가하고, 조언하고 가끔은 지적도 해주는 게 예삿일이야. 아무도 불편해하지 않고, 친하니까 상관없다고들 해.

　너는 어디만 살짝 손대면 진짜 예쁘겠다.
　넌 피부 관리만 받으면 훨씬 어려보일 텐데.
　그런 옷은 너한테 안 어울려.

서로 더 예뻐지라고 해주는 '좋은 말'이라면서 주거니 받거니 해. 나는 그 중간에서 웃고는 있지만 사실 속으로 굉장히 불편하거든. 외모 지적을 받으면 자꾸 거기에만 신경 쓰게 되니까 싫고, 나는 남들 외모에 관심도 없거든. 남이야 뭘 입고 다니든, 몸매가 어떻든 난 상관이 없는데, 내게 저 평가의 화살이 날아올까 봐, 아니면 누군가 기분이 상할까 봐 난 그 자리가 불편해져. 그런데 대개 나만 불편해하는 것 같더라고.

마치 다들 고무공 하나를 던지고 받아치며 게임을 즐기는데, 나는 속으로 저 공이 나한테 오지 않고 이 게임이 끝나기를 바라는 것 같아. 누가 봐도 부드러운 고무공인데 무슨 고슴도치라도 통째로 던진 양 정색하면서, 나는 이런 고무공에도 상처받는 사람이니까 조심해줘, 라면서 산통을 깨고 싶지는 않거든. 왜냐면 그렇게 말하는 순간 나는 결국 그 게임 멤버에서 슬그머니 빠져버릴 거 아냐. 그런 식으로 여기저기서 빠지다가 결국 혼자 남으면 어떻게 해?

너는 유난히 다리가 두껍고 짧다는 말을 몇 번 듣고 거울 앞에 서면 내 눈에는 다리만 보여. 나도 데이트할 때 치마, 스키니진 예쁘게 입고 싶은데, 그걸 입고 거울 앞에 서면 내 다리가 통닭처럼 통통해 보이기만 해서 결국 못 입게 돼. 그렇잖아, 눈썹이 이상하게 그려진 것 같으면 하루 종일 그거만 보이는 거. 정작 사람들은 내 눈썹이 이상한지, 어떤지도 모르는데. 그런 이야기를 굳이 안 들었으면 그냥 즐겁게 입고 싶은 대로 입고 다녔을 텐데 하는 생각이 들면, 내가 부탁하지도 않았는데 굳이 그런 말을 하는 사람들이 미워져.

물론 그렇게 외모 지적을 하는 친구들은 칭찬도 많이 해주긴 하더라. 하지만 난 그런 칭찬을 듣는다고 해서 하향하던 자존감 그래프가 다시 상향을 그리진 않아. 부정적인 성격인 나는 특별하게 어디

가 예뻐서 눈에 띄고 싶다는 욕심보다는, 어디가 못나서 눈에 띄는
것에 대한 거부감이 훨씬 크거든.

　나는 네가 그렇게 말해도 기분 나쁘지 않을 것 같은데,
　넌 나를 별로 안 친하다고 생각하나 보다.
　난 너한테 도움 되라고 하는 이야기인데 왜 예민하게 받아들여.
　왜 그렇게 까칠하게 굴어.

내가 별로 듣고 싶지 않다는 티를 내면, 모두 이렇게 말하곤 했어.
그래서 저런 일을 몇 번 겪고선 자연스럽게 배웠어. 어차피 불편하
다고 하면 나만 예민하고 까칠한 사람 되는 거잖아. 그냥 가만히 있
거나, 듣고도 못 들은 척하는 것에 익숙해졌어. 자존감이 높다면 그
런 작은 지적 하나하나에 의미를 두진 않겠지만, 난 자존감이 낮았
기 때문에 그럴 수가 없었어. 하지만 이렇게 말하는 나도 누군가의
불편함을 그런 식으로 외면한 일이 많았을 거야. 어릴 때 민아의 신
발을 밟고도 미안해하지 않았던 것처럼, 숱하게 많은 작은 바늘을
누군가에게 꽂았겠지.

지금의 나는, 내가 불편한 것에 대해서 "내가 이런 부분에 민감한
데 조심해주면 안 될까" 하고 야무지게 말할 수 있게 됐어. 그리고

역시나 상대방이 불편함을 표출해도, 미안하다고 진심으로 사과할 수 있게 됐어. 말하지 않으면 모르잖아. 모르고 지나가면 서로의 사이에 균열이 생기고, 멀어지지 않아도 될 사이가 멀어지지. 처음에 서로 어떤 점에 불편함을 느끼는지 공유하는 게 좋다고 생각해. 하지만 종종 용기를 내서 불편함을 표현했을 때, 상대방이 그게 왜 불편하냐고, 나는 괜찮다고 반응하면 어떻게 해야 할지 잘 모르겠어. 나의 불편함과 너의 불편함이 다르다는 걸 어떻게 설명해야 할지 난감해.

머릿속에 떠오르는 대답은 그냥 불편하니까.
불편하다는 느낌이 드니까. 그게 다거든.
내가 예민한 부분이 있는 건 알겠는데, 분명히 너도
나보다 예민하게 반응하는 어떤 부분이 있을 거야.
난 그걸 존중하는데 왜 너는 나를 존중하지 않는 거지?

이번에 한국에 갔을 때 나는 자주 불편함을 느꼈어. 내 기준에 도가 지나친 성적 농담이 오고 갔을 때, 유행에 떨어지거나 나이에 맞지 않는 옷차림을 보며 누가 요새 그런 걸 입냐는 소리를 들었을 때, 호주 남자랑 자봤냐, 얼마 버냐는 무례한 질문이 오고 갈 때 등등. 그럴 때마다 나는 불편함을 표출했어. 그리고 그때마다 상대방의 반응은 비슷했어. 뭘 그런 걸로 예민하게 구냐, 나라면 아무렇지도 않을 텐데. 너 호주에서 살더니 아주 더 까칠해졌다면서.

나는 그럴 때면 입을 꽉 다물어. 술자리 분위기를 망치고 싶지는 않으니까. 그리고 속으로 생각하는 거지. 그래 너라면 아무렇지도 않겠지. 하지만 너는 너고 나는 나잖아. 우리는 다른 사람이니까 이해가 안 되는 게 당연한 거야. 하지만 내가 왜 불편한지 네가 이해할 필요는 없어. 그저 서로 불편한 건 피하려고 하는 게 중요한 거야. 왜 굳이 불편한 이야기를 해야만 하는데? 그런 이야기를 굳이 해야 하는 이유가 뭔데?

한국에서는 잘 입지 않았던 치마를 이젠 즐겨 입어. 한국에서는 유행이 지나서 입지 못할, 낡았지만 내가 좋아하는 체크무늬 남방을 입고 한국에서는 나이에 안 맞는다고 면박을 맞을 찢찢이 운동화를 신어. 한국에서 집요하리만치 권유받은 앞트임도, 교정도 안 했지만 그럭저럭 괜찮은 얼굴이라고 생각하고 살아.

〈비정상회담〉에서 이야기했듯이, 서양에서는 외모 칭찬은 해도 절대 지적은 하지 않는 곳이라, 내 자존감도 약간은 회복됐어. 전형적인 미녀는 아니지만 나도 그럭저럭 귀엽게 생긴 거 같아. 늘씬하니 예쁘지는 않아도, 튼튼한 다리로 먹고사는 직업이니까 내 다리도 이제 마음에 들어. 가끔 옷을 어울리게 잘 입는다는 소리를 들으면 헛웃음이 나기도 해. 한국에서는 패션고자 소리만 들었는데.

갈등이 되기 전에 내 불편함에 대해 웃으며 말하고, 상대방의 불편함을 귀 기울여 듣는 연습은 아직도 열심히 진행 중이야. 나도 쉽게 변하지는 않더라. 단 실수해도 바로 사과하고, 고쳐나가려 하고 있어. 난 진짜 장난이 심해서 한번 신나면 한도 끝도 없이 가거든.

지금 이런 이야기를 하는 건, 내가 완벽한 사람이라서가 아니야. 이 글을 쓰며 더 진지하게 생각하고, 되새기면서 더 나은 사람이 되고자 하는 거야. 이걸 쓰는 이 순간에도 내 머리에는 내가 상처 줬던 사람들의 얼굴이 떠오르거든.

너도 이런 일들이 있니.
너는 이게 불편한데, 남들은 이해하지 못하고
널 예민하다고 하는 그런 일들 말이야.
너는 그럴 때 불편함을 소리 내어 말하는 편이니,
아니면 그냥 넘기는 편이니.
웃기는 건 말이야, 한국에 살 때 내 주위에서는

다 나를 조금 쿨하고, 둔하고 털털하다고 생각했다는 거야.
그만큼 나는 불편함을 입 밖으로 내지 않고
분위기 맞추는 데만 신경 쓴 거지.

나는 하나도 괜찮지 않았는데 말이야.

08

셰프들아,
쇼타임이야

뜬금없는 질문인데, 너는 제일 좋아하는 미드가 뭐야? 나는 〈그레이 아나토미〉 정말 좋아해. 워홀 할 때, 한참 일이 힘들면 14시간 후에는 집에 가서 〈그레이 아나토미〉 볼 수 있으니까 조금만 버티자면서 버티기도 했다니까. 그 미드에서 말이야, 남자주인공 중 한 명인 데릭 셰퍼드가 수술을 시작하기 전에 늘 하는 말이 있어. 그날의 수술을 이끄는 리더인 데릭은 수술대에 누워 있는 환자를 내려다봐. 그리고 이 환자를 함께 살려낼 간호팀, 마취의, 인턴, 동료 의사들을 쭉 돌아보며 꼭 이 문장으로 수술의 시작을 알려.

오늘은 참 좋은 날이다, 누군가를 살리기에.
It's a beautiful day to save lives.

지금 들으면 좀 오글거리기도 하는데, 그래도 나는 이 대사가 좋더라. 저런 말을 할 줄 아는 사람이 내 리더라면 좋겠다고 생각했어. 팀원의 입장에서, 한 팀을 이끄는 리더가 저런 말로 내 하루를 열어준다면 난 그것만으로도 내 일을 사랑하고, 내 하루에 의미를 부여할 수 있을 것 같다고 생각했거든. 저 말을 듣는 순간, 나는 아침에 죽을 둥 살 둥 출근해서 사무적으로 메스를 건네고, 그냥 밥벌이하려고 멀뚱히 시간을 때우는 사람이 아니게 되는 거야.

어느 좋은 날에 생명을 살리는 사람들.
그 아름다운 사람들 사이의 나.
오늘은 그런 좋은 날이 되고
나는 그런 아름다운 사람이 되는 거지. 저 말을 듣는 순간.

내가 요리를 하면서 만났던 첫 헤드셰프는 아미르라는 유대인 남자였어. 내가 요리를 처음으로 제대로 시작한 레스토랑이었는데, 도크랜드라는 예쁜 항구에 있는 레스토랑이었어. 나는 겨우 요리 실기 수업만 끝내고 호텔 인턴십을 막 마친 막내였고, 아미르는 150킬로그램은 너끈히 넘을 것 같은 덩치에, 목소리는 어마어마하게 크고 험상궂은 남자였어. 아미르는 첫날에 나한테 그러더라. 너는 절대 키친에서 못 살아남는다고.

여기는 네가 있을 곳이 아니야. 너는 여기 있기엔 너무 약해.
This is not for you. Not strong enough, not tough enough.

그렇게 마구 소리를 지르는 거야. 눈물이 핑 도는데, 내가 거기서 울어버리면 그의 말을 증명하는 게 될까 봐 꾹 참았어. 아미르는 네가 얼마나 버티나 보려고 매일같이 나를 괴롭혔어. 그리고 일 자체도 정말 힘들었지. 근무 시간도 길었고, 그 레스토랑에서 버티면 다른 레스토랑에서는 모셔간다는 이야기가 나올 정도로 근무 환경은 열악했어. 그 레스토랑에 여자라고는 나밖에 없었어. 체력이 약한 나는 가끔 눈앞이 노래질 정도로 힘들었어.

그럼에도 불구하고, 그곳에서 나는 '진짜 요리사'가 되고 싶다는 마음을 먹었어. 영주권 때문에 얼떨결에 정한 전공이었지만 앞으로 이 길을 걸어야겠다고, 꼭, 반드시 진짜 요리사가 되겠다고 말이야. 사실 결정적인 역할을 한 건 단 몇 마디의 말이었어. 지금 생각하면 웃기는 일인데, 그 거대한 남자 아미르가 우렁차게 외치던 몇 마디 짧은 말 덕분에 내 길에 대한 확신을 얻은 거야.

레스토랑이 예약으로 꽉 차 있는 날, 짧은 미팅을 마치고 모두들 각자 맡은 섹션이 제대로 준비가 되어 있는지 결연하게 확인해. 손님들에게 훤히 보이는 오픈 키친이니까. 앞치마나 유니폼이 더럽지 않은지 다시 한번 내 모습을 살펴보는 거지. 그렇게 서비스를 맞이 할 준비가 되어 있는지 점검하고는, 아미르가 우렁찬 목소리로 외 치는 거야.

세프들아, 쇼타임이야, 우리의 쇼, 너의 쇼야. 오늘 완벽하게
해보자. 오늘도 재미 좀 보자. 우린 최고의 팀이니까.
Alright, Chefs, The show is on. It's show time!
Let's have some fun tonight.

나는 저 말이 그렇게 좋은 거야. 저렇게 우렁차게 말하고 나면 거짓 말처럼 힘이 났어. 내가 이 쇼의 주인공이 아닌 건 알아. 그렇지만, 제일 작고 어리바리한 막내 역할이지만 이건 내 쇼잖아. 내가 어떤 확실한 역할을 맡고 있잖아. 같이 재미도 보고, 같이 죽도록 힘들기 도 하고. 내 존재감이 있는 쇼잖아. 내가 만든 음식을 먹어주는 사 람들이 눈앞에 있고, 옆에서는 바텐더와 웨이트리스가 활기차게 움 직이고, 살아 숨 쉬는 소리가 나. 그 오고 가는 음식들, 동료 셰프들 이 내지르는 소리들. 그 안에서 나도 제대로 된 역할을 맡아서 신나 게 움직이는 거야. 이 세상에 있어도 없어도 상관없는 존재가 아니 야. 내가 하는 일이, 확실하게 세상에 영향을 주고 있어.

나처럼 단순한 사람들은 사무직처럼 큰 톱니바퀴 안에서 일하면 내가 하는 일이 어떤 영향을 미치는지 바로 보지 못하니까, 내 존재의 가치에 의문을 갖게 되는 것 같아. 그리고 한국에서는 언제나 말단 중의 말단이었고, 내가 하는 일들은 그야말로 정규직들의 보조였으니까 더 심했지. 나는 있으나 마나한 존재였고, 내가 하는 일들도 뭐, 사실 안 해도 그만, 누가 와서 해도 상관없는 그런 업무였으니까. 그래서 나는 매너리즘에 빠졌었어. 내 하루가, 내 삶의 하루가 무슨 의미를 가지는지 모르겠는 거야.

내가 왜 사는 거지. 이 복잡한 톱니바퀴에서
나라는 작은 톱니는 빠져도 아무 상관이 없는데.

근데 이 요리, 레스토랑이라는 것은 너무나도 단순하잖아. 그게 이 직업의 매력인 것 같아. 거칠고 단순해. 사회라는 게 생기면서 형성된 가장 단순한 원리의 상업이잖아. 사람들은 먹어야 하고, 음식을 만들어 팔고. 음식이 맛있으면 돈을 벌고. 이 바퀴가 어떻게 돌아가고, 내가 그중 무슨 역할을 하는지가 우스울 만큼 단순하게 보인단 말이야. 오늘 매출 얼마래, 오늘 우리 몇 테이블이 왔대, 우리 최고 매출 달성했대. 잘했어. 우리가 이런 가치를 함께 창출한 거야. 이런 피드백이 바로바로 오가는 게 레스토랑이야. 물론 안 좋은 피드백도 받지. 음식이 맛있다, 맛없다, 팁을 준다, 안 준다 그런 단순한 의사 표시와 피드백. 그렇게 가장 단순하게 돌아가는 구조가 나와 잘 맞았어.

8년이라는 시간이 지났어. 호주에 와서 식당에서 오랫동안 알바하며 주방장 오빠들이 하는 요리를 곁눈질로 배우다가, 이런저런 과정을 거쳐 지금 나의 레스토랑 두 개를 운영하기까지. 처음에는 요리가 하고 싶다기보다는, 그저 한국에 가기 싫어서였어. 한국에 가지 않으려면 기술 유학을 해야 하는데 다른 건 엄두가 안 나는 거야. 치기공이나 회계, 간호 같은 건 영어랑 머리가 안돼서 못 따라갈 것 같고, 그나마 레스토랑 홀 매니저 경력이 꽤 있으니까 흉내라도 낼 수 있지 않을까 싶어 결정한 거거든.

정 영어가 안 되면 몸을 부지런히 움직이면 어떻게든 되겠지, 했어. 사실 화이트칼라에 대한 동경 때문에 정장 입고 회사 다니는, 그런 직업을 더 갖고 싶기도 했었지. 하지만 어쩔 수 없었어. 회계나 마케팅은 학비도 비싸고, 무엇보다도 영어가 자신이 없었으니까. 어차피 영어를 잘 못하니까 몸으로 때울 수 있는 걸로 고르자는 마음으로 100퍼센트는커녕 1퍼센트의 확신도 없는 상태에서 고른 전공이었는데, 그게 내겐 흔히들 말하는 '천직' 같은 거였나 봐.

극단적으로 들릴지도 모르겠는데, 난 요리를 시작하지 않았으면 아마 살아가지 못할 만큼 추락하지 않았을까 싶은 생각도 들어. 우울함, 무력감, 자기혐오, 한국에 놓고 온 것에 대한 그리움, 고질적인 문제였던 자존감, 미래에 대한 두려움. 그게 해일처럼 덮쳐와 숨도 쉴 수 없었을 때 요리라는 구원을 찾은 거야. 그때야 숨통이 트이더라. 질식 직전에, 기적처럼 제대로 숨 쉬는 법을 배웠어. 그때 만약 한국에 돌아가서 초라한 스펙으로 취업 준비를 했거나 공부도 못하는 내가 시험 준비를 했다면, 혹은 낯선 호주 땅에 떨어져서 안 그래도 불안한데, 하고 싶지도 않은 일을 울며 겨자 먹기로 했다면 나는 아주 불행했거나, 살고 싶지 않아 했거나, 내 옆의 누군가를 불행하게 만들었겠지.

아무리 초라해도 내 인생을 사는 게 나한테는 굉장히 중요했나 봐. 많은 돈을 받으면서 다른 인생의 소품처럼 사는 것보다, 한 달에 고작 100만 원을 쓸지언정 내가 필요한 존재임을 느끼며 사는 게 내겐 중요했구나, 그걸 그때야 알았어. 나도 사회의 동등한 일원으로서 어떤 역할을 할 수 있게 되니까 숨을 쉬는 것 같아졌어. 튼튼한 갑의 인생을 더욱 견고하게 받치려고 하루를 꼬박 고개 숙이며 보내는 을이 아니라, 나는 나대로 살 수 있게 되니까 그제야 숨을 쉬는 것 같더라.

튼튼한 갑의 인생을 더욱 견고하게 떠받치는 을이 아니라, 나대로 내 인생을 살게 되니까 그제야 숨이 쉬어졌어.

지금 생각해보면 사실 한국이든, 호주든, 태국이든 물리적인 장소가 중요한 게 아니었던 것 같아. 내가 열심히 하면 무언가를 더 나아지게 만들 수 있다는 믿음, 내 직업과 역할을 찾은 곳이 호주였기 때문에 내가 있어야 할 곳이 된 것 같아. 만약 한국에서 찾았다면 한국이, 태국에서 찾았다면 태국이 내가 있어야 할 곳이 되지 않았을까, 생각해.

가끔 문득 궁금해질 때가 있어.
깊은 어둠으로 끝없이 가라앉던 내게
결정적인 구원이 된 건 이민이었을까,
아니면 요리였던 걸까.
그것도 아니면 요리와 이민을
함께했기 때문에 가능했던 걸까.

2장

이민,
쉬울 것 같으면서도
거칠고 험난한

#01

실패한 워홀러의
궁색한 조언들

나는 지금 멜버른에 있는 레스토랑 수다SUDA와 네모NEMO를 운영
하고 있는 이민자야. 내가 이곳에 처음 온 것은 2009년, 9년 전이
고 그 시작은 워홀이었어. 83년생인 나는 88만원 세대의 초기 멤버
야. 취업은 급격히 어려워지고, 토익 점수가 선택이 아니라 필수가
되면서 호주나 캐나다로 워홀을 가려는 청년들의 수는 급격히 늘었
어. 나도 그 여파로 인해 일단은 호주에 왔지. 낯선 땅으로의 모험
이 무서웠지만 한국에서의 취업 전쟁보다는 덜 무서웠으니까.

내 워홀은 사실 누군가에게 좋은 이야기를 들려줄 만큼 소중하게
보낸 시간이 아니었어. 나는 사람들이 흔히 말하는, '한국 가게에서
일하면서 매일 한국 사람하고만 어울려 다니고, 매일 놀고 영어는
하나도 안 느는, 아까운 시간만 낭비하는 워홀러'였거든.

부지런하지 못하니까 하루에 몇 시간 일하지도 못했고, 시급 짜다고 소문난 한인 가게에서 겨우 8불 받았거든. 그런 알바만 전전했던 건 내가 영어를 못하기 때문이었지. 그렇다고 어떻게든 더 나은 일을 구해보려고 이 악물고 영어를 공부할 만큼 야무지지도 못했어. 주급으로 받은 돈은 딱 방값, 술값, 핸드폰 요금을 내면 똑 떨어졌어. 당연한 거겠지만 돈이 안 모이니까 돈 모으는 재미도 없고, 영어도 늘지 않으니 공부하는 재미도 없더라. 매일 친구들과 모여 앉아 맥주를 마시며 한국 연예인들 소식, 신세 한탄을 안주 삼았어. 그리고 매일 서로에게, 나에게 이렇게 말하곤 했어.

야, 이게 마지막이야. 취업하기 전에 마지막으로 쉬고 노는 거야. 어차피 회사 들어가면 저금하고 자기계발 같은 거 죽자고 하면서 살아야 해. 마지막이니까 괜찮아. 그러니까 괜찮아.

솔직히 말하면 우리 서로 모두 알고 있었지. 지금 이렇게 시간을 보내면 안 된다는 거. 취업하기 전에 마지막으로 쉬고 노는 건 좋지. 근데 그걸 굳이 이 먼 나라 호주에 와서 할 필요가 있어? 굳이 여기까지 와서? 생각보다 영어는 안 늘어서 괜찮은 일자리를 구할 자신도 없어졌고, 외국인들 사이에서 기죽어 사느니 이렇게 한국 친구들이랑 몰려다니는 게 맘이 편하니 생활 패턴으로 굳어져버린 거지. 그런데도 허세 때문에 일단 큰소리치고 보는 거야. 지금 아니면 못 놀아. 한국 가면 취업해야 해. 그래서 내가 이러는 거야.

웃긴 건 그 모습이 딱 내가 워홀 가기 전에 '호주까지 가서 왜 저럴까. 진짜 이해 안 돼' 하면서 욕했던 모습이었다는 거야. 저렇게 되진 말아야지, 설마 저렇게 되진 않겠지, 했던 그 모습이 되어버린 거야. 다행히 나는 워홀이 반쯤 지났을 무렵, 유학 이민을 준비해보기로 마음을 먹었고, 허송세월을 보냈던 잉여 워홀러 생활도 강제로 종료되었어. 그 후에도 나는 한국 가게에서 일하고 계속 한국인들과 생활했지만, 일주일에 알바만 70시간을 넘게 했기 때문에 저런 잉여력을 발휘할 시간은 없었어. 그리고 학교에서 적응 못할까봐 두려워서 억지로라도 공부를 해야 했거든. 나는 동기 부여 없이 자유로운 시간이 생기면 안 되는 인간이란 걸 깨달았지.

아무튼 이거 하나는 분명해. 내가 다시 워홀을 간다면
절대, 절대로 그때처럼은 하지 않을 거야!

지금은 먼 시간이 지났으니 추억이라며 웃어넘기지만, 유학 때는 워홀이라는 황금 같은 시간을 허투루 보낸 과거의 나를 아주 많이 원망했어. 워홀이 얼마나 가능성 넘치는 시간이었는지 그때는 몰랐거든. 유학, 이민의 초석을 다질 수도 있었고, 잊지 못할 추억을 만들 수도 있었는데. 만약 내가 한국에 돌아갔다면 정말 땅을 치고 후회했을 거야. 그 좋은 곳에서 그 찬란한 시간을 고작 그렇게 보냈다는 사실 때문에.

이걸 말하는 이유는 단 한 가지야. 난 워홀을 자랑스럽게 보내지 못했지만, 너는 그 시간을 간직하고 싶은 보물로 만들었으면 좋겠어. 스물네 살의 나를 만날 수 있다면 무슨 말을 해주면 좋을까. 그때의 나와 지금의 너는 물론 완전히 다르겠지만, 조금이나마 비슷한 부분이 있을 수도 있으니까. 그리고 난 9년을 호주에 살며 정말 수많은 워홀러들을 만났거든. 친구들은 물론 직장에서 만난 사람들까지, 숱한 성공과 실패 사례를 가까이서 본 사람으로서 내 조언이 조금이라도 도움이 되지 않을까 싶어.

워홀러는 크게 두 부류로 나뉘어. 첫째로 워홀을 잘 보내고 한국으로 귀국할 예정인 워홀러, 그리고 워홀 후 이민을 계획하는 워홀러. 나는 첫 6개월은 전자, 후반 6개월은 후자로서 시간을 보냈어. 성공적인 워홀 지침서는 세상에 너무나도 많고, 지금 이걸 읽고 있는 너는 아마 워홀을 넘어 그 이상에 관심 있는 사람일 테니까 후자에 더 중점을 두고 이야기할게. 사실 두 가지가 크게 다르지는 않아. 둘

다 시간을 잘 활용해서 최대한 무언가를 얻어가는 게 목표니까.

너는 아마 워홀로 많은 걸 이루고 싶을 거야. 돈을 열심히 벌어서 그 돈으로 영어도 공부하고, 여행도 다니고 싶을 거야. 외국인 친구들도 많이 사귀고, 다양한 경험을 하려 워홀을 왔겠지. 하지만 막상 와보면 있잖아, 영어를 제대로 배우려면 생각만큼 돈을 벌 수 없고, 또 돈을 좀 벌려면 영어를 공부할 시간이 없을 거야.

일하면서 영어를 배우면 되잖아? 이렇게 반문할 수도 있을 텐데, 사실 일하는 데서 배우는 영어는 한계가 있거든. 네가 레스토랑 셰프로 일하게 되면 직업 특성상 거의 말없이 일만 하다가 올 가능성이 높고, 바리스타나 홀 스태프로 일해도 손님과 하는 대화는 몇 가지로 정해져 있어. 매일 비슷한 대화만 하게 될 가능성이 높아. 물론 안 하는 것보다야 백배 낫지만, 원하는 만큼 배우기는 힘들 수 있다는 말이야. 일하면서 영어를 쓰다 보니 나도 모르게 영어가 늘었다는 경우는 생각보다 드물어. 일터에서 만나게 된 외국인 동료들과 친분을 쌓아서 밖에서 만난다든지, 함께 어울린다면 영어가 많이 늘긴 하겠지. 하지만 상담 같은 일이 아닌 이상, 일하면서 쓰는 영어는 매일 똑같아. 막연히 외국인들과 일하면 영어가 늘 거라고 생각한다면 실망할 수 있어.

네가 영어 공부에 중점을 두면서 동시에 일도 해서 여행을 가거나 한국에 목돈을 챙겨가겠다는 계획을 갖고 있다면 그것도 쉽지는 않아. 아마 넌 오자마자 어학원을 등록할 거고, 어학원 수업 외의 시간에 할 수 있는 알바를 빡빡하게 구할 거야. 그래서 공부도, 일도 열심히 하겠다는 의욕으로 가득 차 있을지도 몰라. 나도 그랬거든. 하지만 이게 어려운 게, 호주는 수업 시간이 길지 않고 분위기도 자유롭기 때문에 수업 자체에서 영어가 빨리 늘진 않아. 한국의 엄격한 학원과는 완전히 다르거든. 수업을 얼마나 흡수하는지는 오롯이 학생의 몫이야.

영어가 빨리 늘은 경우를 보면, 대부분 학원에서 다양한 국적의 친구들과 많이 어울리고, 여러 사람과 사귀어보는 등 활동을 많이 한 친구들이야. 하지만 알바가 바쁜 친구들은 그렇게 하기가 힘들지. 다른 친구들은 주말에 모여서 바비큐도 하고, 어울려 다니며 서로의 문화를 공유하고 친해지는데 매일같이 바쁘게 일하는 친구들은 그런 기회를 놓치게 되고, 하루에 몇 시간 안 되는 수업에서 배우는 영어로는 턱도 없고……. 그렇게 지쳐버리는 경우가 정말 많아. 숨 돌릴 틈도 없이 수업과 알바를 병행하는데, 목돈이 생기는 것도 아니고 그렇다고 영어가 빨리 느는 것도 아니니까.

여행도 마찬가지야. 돈을 벌고, 영어를 배우며 최대한 여행을 많이 다니겠다는 계획을 짜잖아. 그럼 일단 열심히 해서 돈을 벌어야겠지. 일을 구하고 안정되려면 보통 2~4주 정도가 걸려. 이력서 돌리고, 면접 보고, 수습 기간을 거쳐 정식으로 시간표를 받아서 제대로 돈을 벌기 시작하려면 보통 한 달은 필요해. 처음부터 초보자에게 일을 많이 주는 경우는 드물어. 익숙해지면서 점점 일할 수 있는 시간이 늘어나는 거지. 그러면 어떤 일터에서 고정적으로 돈을 벌어서 그걸로 생활하고 저금할 수 있는 시기는 보통 4주가 지난 후거든. 그렇게 두세 달 일해 모은 돈으로 여행을 갈 수도 있지만, 그러고 나서 돌아와 또 저 과정을 반복하려면 당연히 생활이 쪼들리고, 호주에서 누려야 할 소소한 기쁨을 못 누리고 지치게 되지. 예를 들면 햇살 좋은 날에 유명한 카페에서 커피를 마신다든지, 루프탑에서 맥주를 마시는 것처럼 진짜 해외살이에서 할 수 있는 경험들. 물론 직장에 적응하기도 힘들 거야. 돈도 많이 벌고 영어도 배우고 여행도 가겠다, 많이 경험하고 목돈도 벌어가겠다는 계획은 현실적이지 않다고 말해주고 싶어.

당연히 최대한 많은 것을 이루려고 노력해야겠지만, 나는 네가 꼭 우선순위를 정했으면 좋겠어. 다른 건 포기하더라도 반드시 얻어가려고 하는 것이 무엇인지. 한 가지를 먼저 정하고, 거기에 초점을 맞췄으면 좋겠어. 그다음에 두 번째는 무엇인지, 세 번째는 무엇인지. 두 가지만 제대로 만족하고 가도 정말 큰 성공이라고 생각해!

혹 그런 방법이 너무 아쉽다면, 전반전 후반전을 나누어서 하는 것도 좋아. 전반전에는 돈만 죽자고 번다고 해봐. 얼마를 모으겠다는 구체적인 목표를 정해도 좋고. 대신 일하면서 외국인 친구들을 사귀고 영어를 익히는 것은 기쁘게 보너스라고 생각해. 쉬는 날 호주 생활을 여유롭게 즐기고, 휴가를 받아 다른 지역으로 여행도 다니면 더 즐겁겠지. 다른 것들은 자연스럽게 즐기되 돈 이외에는 스트레스 받지 말라는 거야. 그 후 후반전 6개월이 오면 다른 목표, 영어나 여행을 중심으로 생활하는 거야. 영어에 무게를 두기로 마음먹었다면 어학원 수업에 집중할 수 있도록 알바는 생활비 정도만 벌고, 어학원 친구들과 어울리고 도서관도 다니면서 제대로 공부를 하는 거지. 아니면 반대로 처음에는 어떻게든 목돈을 가지고 와서 영어만 파고든 다음에, 어학원 수업이 끝나면 본격적으로 돈을 벌어 마지막 한두 달은 여행을 하는 것도 좋고.

어설프게, 나는 돈도 많이 벌고 영어 실력도 늘리고 여행도 최대한 하다 와야지! 하는 식으로 어중간하게 하면 정말 죽도 밥도 안 되는 경우가 많아. 꼭 이거 하나는 얻어가겠다는 목표 하나만 잡고 그

다음에 이루고 싶은 것들에 대해 생각해보기. 아쉽다면 기간을 나눠서 플랜을 짜보기. 알았지? 하고 싶은 경험, 혹은 이루고 싶은 목표를 몇 가지 구체적으로 생각해보는 걸 강력 추천해. 그런 리스트를 만들어서 하나하나 달성하고 나면 굉장히 만족감이 크더라.

1. 토익 점수를 ○○점까지 올리겠다.
2. 돈을 모아 우리 엄마 평생 첫 명품 가방을 사주겠다.
3. 적어도 세 개의 도시에는 살아보겠다.
4. 멜버른 베스트 카페 TOP 10의 브런치를 모두 먹어보겠다.
5. 언어 교환 프로그램에 참여해보겠다.

거창하지 않아도 돼. 사실 거창하지 않을수록 좋아. 현실적으로 이룰 수 있어야 하고 세 가지가 넘지 않았으면 좋겠어. 왜냐하면, 일단 호주에 오면 하고 싶은 일이 더 많이 생길 테니까. 포기하거나 이루지 못하는 목표들이 쌓여가는 건 자존감에 도움이 되지 않더라. 그러니까 무난하게 이룰 수 있는 걸로 잡았으면 좋겠어. 어려운 목표를 설정해놓고 거기에 얽매이다 보면 주객전도가 되기도 하더라고. 어떤 친구는 토익 만점을 목표로 잡고 와서 워홀 내내 도서관에 박혀 있었어. 본인도 한국에서와 다를 것 없는 생활에 만족하지 못했고, 보는 나까지 안타까웠던 기억이 나.

어떤 사람들은 그런 목표를 들고 워홀 와서 이루고 싶은 게 고작 그 거냐고 말하기도 해. 하지만 신경 쓰지 마. 너는 네 기준에 맞춰서 만족스러운 워홀을 하면 돼. 네 기준에 맞춰 살고 싶어서 워홀을 온 거니까 말이야.

이걸 꼭 기억했으면 좋겠어. 너는 해외에서 살아보려고 오는 거야. 만약 네가 한국에서 부모님 밑에서 생활하다가 오는 거라면 처음으 로 스스로 의식주를 해결하는 생활을 할 거야. 그것도 해외에서. 무 섭지만 설레는 일이지. 해외에서 1년을 살아보는 것만으로 대단한 경험이야. 40, 50대가 되어 돌아봐도 기억에 남을 만한 대단한 1년 이 될 거야. 난 네가 호주에서 '살아본다'는 것에 초점을 두고 호주 생활 자체를 즐기려고 노력했으면 좋겠어. 내 주위에는 노심초사하 는 애들이 많았거든. 무언가 특별하고 굵직한 일을 해야 워홀을 성 공했다고 할 수 있을 것 같아서 불안하다고. 하지만 이런 애들은 또 정작 보면 허송세월하고 있진 않거든. 그런데 그 친구들은 소소한 일상들 말고 좀 특별한 일을 해야 할 것 같다는 거지. 외국에 살아 보려고 오긴 왔는데, 이렇게 '생활'만 해서는 무언가 부족한 거 같 은 거야. 시간이 한정돼 있으니까.

그런데 헤어진 연인을 생각해보면 어떤 엄청난 이벤트나 대단한 풍경이 떠오르는 게 아니잖아. 소소한 일상들, 미처 소중한지 몰랐던 시간들이 더 기억에 남잖아. 똑같아. 워홀이 끝나고 시간이 흐른 후, 너는 아마 호주에서의 그 일상들을 추억하게 될 거야. 아침마다 알바 가며 들린 카페 바리스타와의 인사, 어학원 친구들과 추운 날 오들오들 떨면서 했던 바비큐, 만 원도 안 되는 저렴한 치즈와 와인을 사와 홀짝거리며 미드를 보던 기억, 그런 순간들 있잖아. 더 특별한 일을 해야 하는 것 아닌가 싶고, 호주에 와서까지 이렇게 그냥 생활만 하면 안 되는 것 아닌가 했던 그 시간들이, 네가 나중에 떠올릴 시간이란 걸 기억해줬음 좋겠어.

살아볼 때는 그냥 그 생활을 즐기면서 살아봐. 지금을 살면서 내일만 바라보다가는 지금을 놓치니까. 자잘하게 호주에서만 해볼 수 있는 '일상의 경험'을 늘리려고 노력하면서 생활했으면 좋겠어. 특별한 일을 해보는 것도 좋지만, '특별한 경험'을 갈망하다가 외국 생활의 즐거움을 놓치는 건 조금 바보 같은 일이야. 살아보는 일을 즐겨! 소소하게 말이야.

02

별것 아닌 일들이
모이고 모이면

이민이나 유학을 생각하고 있다면 워홀이 여러 도시에서 살아볼 수 있는 거의 마지막 기회야. 학교를 다니게 되고 일을 시작하게 되면 아마 좋든 싫든, 한 도시에 머무르게 될 확률이 높아. 학교를 다니면서 인맥이 생기고, 알바를 하면서 직장을 알아보고, 집을 한 번 구하면 1년씩 계약을 하게 되니까 아무래도 이동이 자유롭지 못하지. 한국처럼 작은 나라가 아니니까 이사하는 게 보통 일이 아니야.

호주는 굉장히 넓어서 도시마다 특징이 두드러져. 일단 날씨부터 다르고, 같은 나라에서도 시차가 몇 시간씩 나거든. 나는 멜버른이랑 잘 맞아. 많은 도시를 다녀보지 않았는데도 운 좋게 나와 잘 맞는 도시에서 생활하고 있어. 하지만 만약 내가 더 활동적이고 날씨에 영향을 많이 받는 사람이었다면 아마 브리즈번에 살고 있지 않앗을까 싶어. 북적거리는 도시를 선호했다면 단연 시드니일 거고, 조용하고 평화로운 소도시가 좋다면 애들레이드와 잘 맞겠지. 여러 도시에서 살아보면서 네게 맞는 도시를 찾아보고 싶다면, 워홀을 적극 활용해. 사전조사로 잘 맞을 것 같은 도시를 세 군데 정도만 골라서 생활해보는 것도 좋은 방법이야. 내 지인 중에는, 시드니에서 살 때는 호주가 진저리 나게 싫었는데 멜버른에 오니까 왜 호주를 살기 좋은 나라라고 하는지 알겠다는 사람도 있고, 퍼스라는 조용한 도시에 살다 보니 우울증에 걸렸다는 사람도 있거든. 살아보기 전까지는 어떤 도시가 너에게 잘 맞는지 알 수 없어. 일단 유학과 이민을 시작하면 도시를 옮기기 어려우니 워홀을 활용해보는 게 좋아.

그리고 또 어려운 문제가 있어. 한국 친구들과 얼마나 어울릴 것인가에 관한 이야기. 오면 심심하고 외로울 거야. 셰어하우스에서 만난 친구들과 급속도로 친해지겠지. '패밀리'가 되는 건 시간문제야. 같이 생활하는 데다 서로 도울 일도 많으니까. 첫 패밀리와는 엄청나게 가까워질 거야. 그걸 배척할 필요는 없어. 그렇게 정말 많은 추억을 만들 거거든. 그렇게 만난 친구들이 네 첫 계좌 개설을 도와줄 거고, 갑자기 양념치킨이 먹고 싶은데 어디서 시켜 먹어야 할지 모르는 너를 구원해줄 것이며, 우버택시라는 신세계를 경험하게 해줄 거야. 호주에 빨리 적응하려면 친구들의 도움이 필요해. 하지만 동시에 부작용도 염두에 두었으면 좋겠어. 나도 그랬고, 정말 많은 친구들이 첫 패밀리와 몰려다니는 일에 열중한 나머지 생활의 중심을 잃게 돼. 솔직히 진짜 재밌거든. 시트콤 〈논스톱〉 같고. 명절에는 같이 전도 부쳐 먹고, 서로 외국인 친구들 불러서 같이 파티도 하고 말이야. 그런데 이 엄청난 재미에 과하게 빠져서 부작용이 오는 경우도 많아.

우연히 게임이 취미인 애들끼리 같이 살게 된 집을 봤는데, 집을 아예 PC방처럼 꾸며놓고 집에만 있더라. 그렇게 시간을 하염없이 낭비하는 거야. 또 패밀리들이 다 한국으로 돌아가니까 너무 지루해져서 워홀을 접고 한국으로 돌아가는 친구들도 봤어. 그렇게 친구들에게 심하게 의존해 함께 이사 다니고, 워홀 기간 내내 한 무리와만 어울리다가 나중에야 후회하는 친구들은 허다했어. 그렇게 룰루랄라 사이좋게 지내기만 하면 오히려 낫게. 애들이 모여 사는 곳이다 보니 여러 갈등도 생기고, 왕따가 생기기도 해. 그렇게 패밀리와 멀어지고 나면 호주 자체가 싫어진다는 경우도 봤어. 물론 셰어하우스 패밀리 모두가 열심히 활동하고 공부해 서로 자극받는 경우도 보긴 했어. 하지만 호주 생활의 온 중심이 그 패밀리에 집중돼 있는 친구들은 보통 만족할 만한 워홀을 보내지 못하더라.

결코 나쁘다는 게 아니야. 인연은 소중하지만, 너무 의존하지 말라는 거지. 치우치지 말기. 어떤 관계가 워홀의 대부분을 차지하게 두지 말기. 네 워홀이니, 네가 중심인 시간을 만들기.

그리고 한국에서보다 더 확실하게 선을 그어야 해. 불필요한 갈등과 스트레스로 너의 귀한 시간을 낭비하지 않으려면, 호주에 왔으니까 약간은 호주 식으로 생각해보면 좋을 것 같아. 한국인들은 '우리'를 좋아하고, 작은 일에는 쩨쩨하게 굴지 않으려는 성향이 있지만, 이곳은 한국이 아니고 같은 한국인들끼리라도 모두가 같은 문화를 공유하지 않으며, 그렇게 인심을 쓸 여건이 되지 않는 사람들이 많거든.

예를 들어 네 룸메이트가 너한테 매일 담배를 한 대씩 빌려간다고 쳐보자. 네가 멋모르고, 한국에서 하던 대로 담배를 준 거야. 그런데 문제는, 여기는 세계에서 담배 값이 가장 비싼 호주라는 거야. 한 갑에 2만 원이 훌쩍 넘거든. 한 개비에 1,000원이야. 시간이 지날수록 짜증이 나겠지. 미리 제대로 선을 긋지 않고 한국에서 하던 대로 했다가 스트레스는 있는 대로 받고, 눈치 없는 룸메이트와는 사이가 멀어질 수밖에 없어. 담배를 예로 들었지만 맥주, 라면, 쌀, 휴지 모두 해당돼. 애매하게 처음에 '그냥 같이 먹고 다음에는 네가 사' 했다가 데인 경우를 수도 없이 많이 봤어.

아니면 같이 사는 사람들끼리 돈도 아낄 겸, 돈을 모아서 장을 같이 보기로 했다고 해봐. 보통 친해지면 이렇게 많이들 하거든. 처음에는 이게 괜찮아 보일 거야. 쌀이나 생수 같은 건 많이 살수록 싸니까 돈을 아낄 수 있을 것 같지. 모두 같은 돈을 내서 장을 보잖아. 하지만 시간이 지날수록 갈등이 생기게 돼 있어. 시간이 지나면서 일도 구하고, 학원에 다니게 되며 집에 있는 시간이 줄어들 거야. 너는 밥을 하루에 한 끼도 안 먹는데 누군가는 삼시 세끼 해먹고, 너는 절대 먹지 않는 것들에 돈을 내야 할 수도 있어. 그러면 돈은 오히려 더 많이 들고 스트레스까지 받게 돼.

그리고 만약 학교 친구가, 과제 좀 참고하게 보여달라고 하면 어떻게 할래? 내 주위에 멋모르고 과제를 보여줬다가 함께 유급된 경우가 있었어. 보여준 사람도 책임을 똑같이 지거든. 한 학기를 다시 다녀야 졸업장이 나온다는 청천벽력 같은 결과를 얻은 거지. 반년의 시간과 수백만 원을 날렸어. 보여달라고 한 사람도 나름대로 고쳤는데, 컴퓨터로 철저하게 걸러내다 보니 보통 80퍼센트는 잡아내거든. 싫다고 말하기 껄끄러워 그냥 보여줬다가 그 친구는 학생 비자를 다시 발급받아 한 학기를 더 다녀야 했어.

이 나라는 울고불고해봤자 사정을 봐주지도 않고, 공문이 날아오면 그걸로 끝이야. 얄짤없어. 웃으면서 선을 그었다면 조금 껄끄럽고 말았을 텐데, 저 친구들은 결국 절교하고 철천지원수 사이가 되었어. 보여달라고 한 애는 아직도 미안해하지만, 결코 용서받지는 못하겠지. 하지만 과제를 보여준 친구가 진짜로 원망스러웠던 건 자기 자신이라더라. 바보 같이 싫다는 말도 못 했던.

이런 스트레스가 생각보다 많을 거야. 네가 'No thanks'를 외치지 못하는 사람이라면. 이곳은 호주고, 개인적인 성향이 강할 수밖에 없는 사회라는 걸 꼭 기억해. 처음에는 친해지고 싶고 잘 적응하고 싶은 마음에 한국에서처럼 '갓 들어온 싹싹한 신입'에 빙의해 선을 긋지 못하는 애들이 많거든. 하지만 그건 아무런 도움이 되지 않아. 처음부터 네 밥그릇, 네 편의는 네가 알아서 꼼꼼히 체크하고 야무지게 챙기는 습관을 들였으면 좋겠어. 호주는 선을 긋고 할 말은 해야 손해 보지 않는 나라라는 걸 언제나 기억해 줘.

이민이나 유학 생각이 있다면 박람회와 행사를 잘 활용해 봐. 주요 도시에서는 코트라KOTRA나 영사관, 유학원에서 주최하는 취업박람회, 이민박람회 같은 것들이 열려. 가도 큰 수확이 없을 때도 많지만, 집에서 놀 바에야 그런 행사에 자주 참가해 정보를 수집하는 편이 더 도움이 될 거야. 이력서를 수정해준다든지, 네가 관심 있는 분야의 멘토와 상담을 한다든지 뜻밖의 수확을 얻을 수 있거든.

유학에 관심이 있다면 유학원에서 미리 상담도 받아보고, 너에게 맞는 학교와 유학원을 스스로 찾는 게 좋아. 워홀 후 유학을 하고 싶다면 적어도 6개월 전에는 어떤 전공으로, 어떤 학교를 다닐지에 대해서 정보를 수집하고 준비하는 걸 권장해. 비자가 만료될 때쯤 허겁지겁 정했다가 몇 년을 후회하는 사람들도 많으니까 되도록 천천히, 꼼꼼하게 알아봐. 입학금 면제 같은 혜택을 주는 경우도 많으니까 이왕이면 다 챙기면 좋잖아. 유학원 관계자들과 미리 얼굴 익혀놓고 친해지면 학교에 대해 자잘한 것들도 메신저로 그때그때 상담할 수 있고. 일찍 준비해서 나쁠 건 없거든. 유학을 통한 이민에는 관심 있지만, 확실한 진로를 모르겠다고? 별 수확이 없는 것 같아도 이런 행사가 있다면 부지런히 다녀봐. 혹시 모르잖아, 정말 학비 감면 혜택과 함께 좋은 정보를 얻을 수 있을지.

그리고 혹시라도 이민에 대한 생각이 있다면, 조금이라도 이곳에 살고 싶다고 생각한다면, 아무런 범법 행위도 하지 마! 그 작은 일이 언제 어떻게 너의 발목을 잡을지는 아무도 몰라. 특히 '세컨드 비자'를 돈 주고 사는 것은 영주권을 따고 싶다는 생각이 있다면 안

하는 게 좋아. 시간이 별로 남지 않았는데 호주에 더 있고 싶어졌다면 아마 세컨드 비자에 대해 듣게 될 거야. 안전하다고, 걸린 사람이 없다고 하겠지. 하지만 농장이나 공장 등에서 3개월을 일한 사람에게 발급되는 세컨드 비자는 비자 자체를 사고파는 게 아니고 농장 고유번호가 적힌 서류를 누군가가 쓴 후에 그걸 다시 판매하는 경우가 많거든. 그 서류가 얼마나 돌고 돌았는지도 모르고, 그걸 사용한 한 명만 걸려도 줄줄이 걸려. 아무리 안전하다고 해도 재수 없으면 걸릴 수도 있어. 누군가가 그 농장을, 연결해준 사람을, 비자를 사고파는 당사자를 신고하면 연루된 모든 사람들이 걸리기도 하고. 범법 행위에서 완벽히 안전한 것은 없어.

내 지인 중 한명은 워홀이 끝날 때쯤 안전하다고 소문난 곳에서 세컨드 비자를 사서 잘 신청했어. 아무런 추가 서류도 요청하지 않았고, 바로 승인이 나서 운이 좋다 싶었지. 학생 비자도 잘 나와서 유학도 잘 마쳤어. 그리고 아주 오랜 시간이 지난 후에 영주권을 신청할 수 있게 되었는데, 담당자가 세컨드 비자를 받았을 때 농장에서 근무한 증거가 되는 서류, 예를 들면 주급을 받은 내역 같은 걸 제출하라고 한 거야. 무려 6년 전 일인데! 영주권은 네가 여태까지 호주에 있었던 시간 동안의 모든 비자와 세금 내역, 출입국 내역 등을 다시 한번 검토해 신중하게 주거든. 한 번 발급하면 영구적인 효력이 있는 만큼 까다롭게 확인할 수밖에 없어. 그래서 그 애는 잠시 편하려고 구매한 세컨드 비자 때문에 영주권 신청이 어려워졌고, 1,000만원을 넘게 들여서 영주권 신청 자체를 취소하고 다시 신청해야 했어. 다음 담당자는 덜 까다롭기를 간절히 바라면서 말이야.

이민할 생각이 있다면 범법을 저지르지 말고, 성실하게 호주 생활을 해두는 게 좋아. 서류만 봐도 아, 이 사람은 호주에 있는 동안 부지런히 학업과 경제 활동을 했구나, 성실한 젊은 인력이구나라는 인상을 받을 수 있도록 말이야. 실제로 내 주위에는 경고를 몇 번씩 받으면서 학교를 겨우 마쳤던 친구가 있어. 그 친구가 다음 학생 비자를 신청하려고 하자, '학업에 충실하지 않았다는 증거가 있는데 왜 더 학생 신분을 유지하려고 하는지 의심스럽다, 위장 취업의 우려가 있다'고 신청 자체를 거절당했어. 용돈 벌려고 한국에서 담배를 택배로 받아 몰래 교민들에게 장사하던 유학생은 비자가 취소되서 몇 년간 한 고생이 물거품이 되기도 했어. 무단횡단처럼 작은 경범죄는 큰 문제가 되지 않지만, 벌금을 안 내는 건 별로 좋지 않아. 여하튼 나쁜 짓은 하지 마. 그때는 별일 아닌 것 같아도 나중에 어떤 결과를 초래할지는 아무도 몰라. 모든 고생이 물거품이 될 수 있어. 잠깐의 달콤한 유혹 때문에.

끝으로, 네가 워홀로 이민의 첫 단추를 끼우려는 사람이라면 빨리 다음 단계를 준비하면 좋겠지. 영어 시험 준비도 하루라도 먼저 시작하는 것이 좋고, 관심 있는 분야에서 한 번쯤 알바를 해보는 것도 좋고, 어학연수를 계획 중이라면 유학원에서 수업을 들어보는 것도 좋아. 워홀 비자 기간 동안 관심 있는 분야에서 일을 한다면 그것도 호주에서의 경력으로 제출할 수 있거든. 그 1~2년 동안에 했던 어떤 일이 호주 생활을 잘 풀리게 할지, 아니면 걸림돌이 될지는 아무도 몰라. 되도록 현명하게 첫 단추를 끼웠으면 좋겠어. 우리 같은 사람들은 워홀이 끝나고 한국으로 돌아가는 사람들과는 또 다르거든. 100미터 달리기처럼 단순하게, 최대한 재미있는 추억을 많이 쌓고 가면 되는 게 아니야. 우리에게 워홀은 첫걸음일 뿐, 앞으로 가야 할 길이 구만리야. 잘 조절하고 관리해야 해.

워홀 비자는 제약이 없는, 굉장히 자유롭고 은혜로운 비자야. 나중에 학생이나 취업 비자로 바꾸고 나면 왜 워홀 때가 좋았는지 알게 될 걸. 꼭 내야 하는 돈도 없고, 비자에 묶여 있다는 강박 없이 마음껏 계획하고 실행할 수 있는 절호의 기회니까 잘 이용하면 좋겠어.

03

이력서에 사진을 넣는
이상한 사람

나는 열일곱 살 때부터 요식업에서 일했어. 한국에서는 맥도널드, 레스토랑, 백화점, 바 같은 곳에서 주로 서비스직으로 일했고, 호주에서는 주방에서 일하다가 자영업자가 되었지. 그 긴 시간 나는 두 나라에서 참 많이도 구직과 구인을 했어. 셀 수 없이 많은 지원서를 내 손으로 뿌리고, 그보다 더 많은 수의 이력서를 받고 지원자들을 만나기도 했지.

하지만 처음에 호주에 왔을 때는 정말 아무것도 몰랐어. 호주에서 이력서는 어떻게 써야 하는지, 어떻게 알바를 구해야 하는지. 책이나 인터넷의 정보들은 생각보다 현실과는 달랐어. 잘 풀린 사람들의 경험이 대부분이니, 운도 없고 영어도 못하던 내겐 적용되지 않았던 팁이었나 봐. 그러다 보니 쓸데없이 시간과 에너지를 낭비하게 되고 자신감도 떨어지더라. 그때 내가 조금만 호주 현지에 맞게 이력서를 쓰고 알맞은 방식으로 지원했다면, 좀 더 자신 있게 다가 갔다면 괜찮은 일자리를 구할 수 있지 않았을까 하는 아쉬움이 남아. 그래서 워홀부터 시작하려는 네게, 내가 가장 잘 아는 '요식업체' 구직에 관해 조언을 주려고 해. 첫 번째는 가장 첫걸음인 이력서 작성 요령, 두 번째는 그 이력서를 돌리고 일자리를 찾으며 알아두면 좋을 것들. 작게나마 도움이 된다면 정말 기쁠 거야!

내가 처음 여기 왔을 때 정말 엉망진창이었어. 한국 편의점에서 사온 이력서 양식을 되도 않는 영어로 채워 넣어 고작 반 장짜리 이력서를 무슨 반공 삐라 돌리듯이 닥치는 대로 뿌렸거든. 그런데 이력서를 줄 때 대화하면서 영어 실력이 나오잖아. 그러다 보니 연락이 온 곳도 거의 없었고, 가뭄에 콩 나듯 연락을 준 곳과도 통화는 불가능했어. 여기 네가 이력서 주고 간 △△샌드위치 가게인데 면접보러 와, 이런 간단한 말도 전화로 들으니 더 못 알아듣겠고, 당황해서 뭐라고 대답해야 할지 모르겠는 거야. 하루 종일 수없이 이력서를 뿌렸으니 전화가 온 곳이 어딘지도 헷갈리고. 그렇게 몇 주 보내니까 한국에서 들고 온 돈은 금방 바닥이 났어. 그래서 어쩔 수 없이 울며 겨자 먹기로 '절대 하지 말아야지'라고 마음먹었던 한인 타운에서의 알바를 하게 된 거야. 빤한 레퍼토리지. 얼마나 영어를 못했냐면, 30불을 '써티 달러'가 아니라 '써티 불'이라고 말해서 외국인 손님을 당황하게 만들 정도였다니까.

다행히 시간이 흐르고 상황은 나아졌어. 영어 공부를 제대로 시작하면서 조금씩 말이 통하니 재미를 붙였고 주위 사람들과 교수님들의 도움을 받아서 이력서 쓰는 요령을 익혔어. 나중에는 꽤 능숙하게 이력서를 쓰게 되었고, 주변 친구들에게 도움을 줄 수 있게 됐을 정도야. 수년이 지나 지금은 내 사업을 운영하는 입장이 되면서 하루에도 몇 개씩 이력서를 받고 확인하는 일, 면접을 보고 고용하는 일이 일상이 됐지. 시간이 지나니까 좋은 이력서와 괜찮은 지원자를 보는 노하우가 생기더라.

지원하는 모두를 면접 본다면 좋겠지만 시간 관계상 어려울 때가 많아. 빈자리는 하나인데 지원자가 스무 명이 넘어가면 모두를 만나보는 건 우리에게도, 지원자에게도 시간 낭비가 되기 때문에 서류 심사를 거치게 돼. 그렇게 매니저들, 셰프들과 모여서 이력서를 검토하다 보면 어떤 이력서는 한눈에 모두의 눈길을 끄는데, 어떤 이력서는 슥 읽고 옆에 제쳐놓게 돼. 가만히 보면 눈길을 끄는 것들과 그렇지 못한 것들에는 어떤 공통분모가 있더라고.

물론 지금 내가 주는 팁들은 모두에게 적용되는 건 아냐. 호주에서 워홀, 유학 중인 친구가 요식업에서 알바 자리를 구할 때 이력서를 작성하는 요령이라고 보면 될 것 같아. 정규직을 찾는 사람들에겐 더 방대한 이력서가 필요하단 걸 기억해줘!

호주에서 CV Curriculum Vitae, Resume의 가장 기본적인 구성은 자기소개서, 이력서, 레퍼런스 세 가지야. 솔직히 이 세 가지를 구색만 맞춰서 이력서를 써도 반 정도는 먹고 들어가는 것 같아. 아, 호주 실상을 아예 모르는 까막눈은 아니구나, 그래도 성의 있게 이력서를 작성했구나, 이런 생각이 들게 하니까. 저 순서로 구성하는 것이 일반적이기도 하고, 고용인 입장에서 읽다 보면 흐름을 따라 지원자를 파악하기도 수월해. 자, 이제 단계별로 자세히 설명해볼게.

/ 자기소개서 cover letter
한국처럼 거창하게 쓸 필요는 없어. 이력서에서 강조하고 싶은 부분을 중심으로 매끄럽게 편지글을 쓰면 돼. 예를 들어 볼게.

> To whom it may concern (이 글을 읽을 관계자에게)
> 나는 한국에서 온 ○○○이고, 이곳에 온지는 ○○개월이
> 되었어. 한국에서는 무엇을 전공했고, ○○에서 일하며 이러한

업무를 했으며 마지막으로 일한 곳은 저러한 곳이야. 나는
언제나 시간을 잘 지키고 성실한 태도로 업무를 빠르게 익혔으며
좋은 멤버였어. 네가 나의 업무 능력에 대해 더 알고 싶다면
레퍼런스에 연락을 해봐도 좋아. 내 모국어는 한국어이며,
영어를 능통하게 구사하고 어떤 자격증을 갖고 있어.

이렇게 네가 강조하고 싶은 역량이 돋보이도록 글을 쓰는 거야. 개인적인 이야기는 되도록 하지 않는 편이 좋아. 경험을 쌓으러 호주에 왔다든지, 영어를 배우고 싶다든지 하는 이야기는 오너들이 반기지 않거든. 배우러 온 사람을 굳이 본인의 사업에 쓰려는 사람은 없겠지. 오너의 입장에서는 친구를 구하는 게 아니라, 이윤을 내는 데 도움이 될 팀원을 모집하는 거니까. 네 역량을 보여줄 수 있는 부분을 간결하게 A4 용지 한 장 미만으로 써서 내는 게 제일 좋은 것 같아.

/ 이력서

이력서는 보통 개인 정보로 시작해. 사생활을 중시하는 나라라 개인 정보에 꼭 명시해야 하는 건 없어. 나이, 성별, 국적 모두 쓰고 싶으면 쓰고, 쓰기 싫다면 안 써도 돼. 중요한 건 연락처를 제대로 적는 거야. 주소, 전화번호 그리고 이메일까지 적어주면 돼.

이어서 학력, 경력, 기타 자격을 쓰면 되는데 이 중 가장 중요한 건 경력이야. 관련 학과를 전공하지 않은 이상, 학력이 큰 부분을 차지하지 않거든. 다만 너무 휑하지 않도록 최종 학력 한두 개 정도만 잘 적으면 돼. 기타 자격 역시 업무에 관련된 자격이 아니라면 안 쓰는 편이 오히려 좋아. 홀 스태프를 모집하는데 컴퓨터 자격증과 수상 경력은 중요하지 않으니까. 앞부분에 쓸데없는 것들을 빼곡히 적어놓으면 정작 중요한 게 나오기 전에 흥미를 잃을 수도 있어.

제일 중요한 것은 경력! 그것도 관련된 경력만 자세히 쓰는 것이 가장 좋아. 오래 다닌 직장이라도 네가 지원하는 곳과 관련이 없으면 의미가 없고, 짧은 경력이라도 업무와 관련됐다면 유용할 수 있어. 서빙, 배달, 캐셔 등등 알바 경력이라도 잘 써먹을 수 있어. 요식업에서 일했다면 단순 알바라도 지나치지 말고 이력서에 꼼꼼히 적는 게 좋아. 사소한 일일지라도 있어 보이게 쓰고, 어떤 업무를 했는지 자세하게 쓰는 게 큰 점수를 받을 수 있어. 예를 들어 네가 아웃백에서 알바한 걸 쓴다고 해보자.

FEB 2015 ~ MAY 2015 OUTBACK Steak house
(Seoul, South Korea) as a wating staff
Duty (주요 업무)

- Providing excellent customer service(높은 품질의 고객 응대)

- Handling cash and payment(계산), Taking order(주문 받기)

- Maintaining Cleanness of service area(매장 청결 유지하기)

- Training New staffs(새로운 스탭 가르치기)

이런 식으로 네가 맡았던 일들을 자잘하게 나누어, 간단하게 영어로 적어서 고작 하나의 경력이라도 좀 더 '있어 보이게' 써봐. 거짓말을 하라는 게 아니야. 거짓말이 아니라, 보통 그런 업무를 하잖아? 당연한 사실이니 한국에서는 시시콜콜하게 적지 않을 뿐이지. 이곳은 알바 경력도 중요하게 생각하고, 그런 곳에서 배운 작은 기술과 눈썰미를 높게 사기 때문에 그걸 내세우라는 거야. 하찮다고 생각하지 말고 네 경력을 최대한 이용해봐.

/ 레퍼런스reference

한국에서는 중요하지 않아서 많이들 간과하는데, 호주에서는 레퍼런스를 정말 중요시해. 구인구직뿐 아니라 집을 구할 때도 레퍼런스를 요구해. 레퍼런스는 '신원보증인' 개념이야. 호주는 땅덩이도 크고, 수많은 국적을 가진 사람들이 구직을 해. 그 사람들 중 '돌아이'도 어마어마하고. 같은 문화를 공유하지 않으니 상식이 통하지 않을 수도 있고, 주민등록처럼 신원을 확인할 수 있는 방법도 없거든. 이상한 사람이 잘못 들어와 사업에 손해를 끼칠 수도 있잖아. 그렇다고 신원 확인 서류를 제출하라고 하는 건 불법이야. 그래서 이곳에서는 신원보증인을 아주 중요하게 생각해. 이를테면 전 직장 매니저나 사장. 이 사람이 성실하게 일했었다고 말해줄 수 있는 사람. 호텔이나 규모가 큰 곳에서는 레퍼런스를 적어도 두 명에게 확인하는 게 필수야. 작은 업체들도 최소한 한 사람에게는 전화해 확인하고. 그렇기 때문에 일했던 곳에서는 웬만하면 잘 마무리하는 게 중요해. 다음을 위해서 말이야! 물론 최고의 방법은 전 직장의 사장이나 매니저에게 레퍼런스 레터, 즉 추천서를 받는 거야. 이 사람이 어떤 업장에서 어떤 일을 했으며 성실했다. 궁금한 점이 있다면 어디로 연락해달라, 이런 식으로 추천서를 받아 첨부한다면 고만고만한 이력서들 사이에서 네 이력서는 훨씬 돋보이겠지. 단, 첫 알바를 구하는 경우에는 전 직장 레퍼런스가 없을 거야. 그럴 때는 아쉬운 대로 영어를 잘하는 친구에게 미리 이야기한 후에 그 친구의 연락처를 써서 '개인 레퍼런스'라도 확보해놓는 편이 좋아.

아, 이력서에 사진을 첨부하는 건 전혀 도움이 되지 않아. 제발 사진 붙이지 말아줘! 오히려 이상하게 생각해. 사진을 왜 붙였지, 외모에 엄청 자신이 있나 보다, 하면서. 너무 상세한 개인 정보를 적는 것도 금물이야. 우리 레스토랑에 지원한 어떤 친구는 한국에서 쓰던 키와 몸무게, 혈액형까지 적혀 있는 이력서를 그냥 영어로 번역해와서 직원들 모두 놀란 적이 있어. 이 친구가 임상 실험에 지원하는 줄 아는 것 아니냐고 하더라. 그냥 이메일과 연락처, 비자 유형, 일을 시작할 수 있는 날짜와 근무 가능한 시간 등 실질적인 정보만 적는 게 가장 적당해.

일하고 싶은 곳이 온라인으로 지원을 하는 곳인지도 먼저 알아봐. 그러면 이력서를 쓰는 방법이 또 달라지거든. 큰 호텔들이나 맥도널드, 레스토랑 중 규모가 좀 큰 곳들은 이력서를 아예 온라인으로 받으니까 들어가고 싶은 곳이 있다면 홈페이지를 먼저 찾아보고, 거기에 구직란이 따로 있는지 살펴보면 좋겠어. 온라인 지원서를 정해진 형식으로 작성해 제출한 후, 만약 공석이 있고 서류심사에서 통과했다면 연락이 올 거야.

지원 동기나 자기소개를 너무 진지하게 쓰진 않아도 되지만, 제발 너무 엉망인 영어로 쓰지는 말아줘. 영어에 자신이 없다면 주변 사람들에게 확인받은 후에 제출하는 게 좋아. 영어가 너무 엉망이면 이력서를 아예 읽지 않아. 이 정도로 영어를 못하면 일 가르치는 데 시간이 너무 많이 걸린다면서 말이야. 호주 상황에 좀 밝은 친구가 있다면 처음에 조금 도움을 받되, 다음엔 혼자 잘할 수 있도록 꼼꼼히 배워놓는 게 좋아. 온라인 지원은 시간에 구애받지도 않으니, 시간 날 때 많이 지원해두면 좋아. 호주 대도시에는 널린 게 호텔 체인이거든. 지원하는 형식은 비슷하니까 두어 번 해보면 요령이 생길 거야.

04

날씨 참 좋다,
나를 채용하지 않을래?

이력서를 열심히 작성했다면 이제는 잘 전달해주는 일과 면접을 잘 보는 일이 남았어. 아무리 이력서가 좋다고 해도, 이력서를 전달할 때 받은 첫인상이 많은 부분을 좌우하거든. 이력서 속 영어는 완벽한데 말을 한마디도 못한다든가, 자신감이 없다면 이력서에 대한 신뢰도가 떨어지기 마련이니까. 처음 일을 구할 때 나는 밥 먹으러 나갈 때도, 슈퍼에 갈 때도 언제나 이력서를 가지고 다녔어. 눈에 띄는 곳이 있다면 어디든 마구 뿌려댔지. 얼마 되지도 않는 정착 자금이 호주의 살인적 물가의 공격을 받아서 허망하게 스러져가는 걸 보니까 겁도 없어지더라고. 다짜고짜 이력서를 들이밀고 "I'm looking for job"이라고 말하는 어설픈 내겐 면접 기회조차 주지 않더라. 진지하게 내 손을 잡고 난 네가 용감해서 맘에 드니까 영어 공부를 조금만 더 하고 오라는 곳도 있었고, 얼굴은 쳐다보지도 않고 손가락을 까딱하며 이력서 놓고 가라는 곳도 있었어. 지금 생각해보면, 이 나라의 기본적인 예절은 일단 인사와 안부 묻기인데 난 그것조차 몰랐던 거지. "Hi, how are you?" 하고 응, 나도 오늘 좋아, 날씨 참 좋다 하며 먼저 경계부터 허물었어야 했는데 내가 그런 걸 알 리가 있나.

사실 모든 구직자가 다르듯 고용주도 선호하는 타입이 달라. 내 말이 모두 정답은 아니야. 나는 개성이 강하고, 본인의 생각을 서슴없이 말하는 친구들을 좋아하지만, 그런 사람은 조직에서 튄다고 싫어하는 고용주도 있어. 네가 지원하는 곳의 성향에 따라 다를 거야. 그래서 우선, 보편적인 호주 문화에서 구직할 때 한국과 다른 점을 중심으로 이야기해보려고 해.

/ 단정한 옷차림

옷차림은 적당히 신경 쓰는 게 좋아. 파인다이닝이나 호텔이 아닌 이상 옷차림을 크게 신경 쓸 필요는 없어. 하지만 홀 스태프의 이미지가 레스토랑의 색깔이 되는 만큼 겉으로 보이는 것도 아예 무시할 수는 없지. 그런데 호주에 와서 살다 보면 한없이 풀어지게 되나봐. 생각보다 너무 편한, 깔끔치 못한 복장으로 이력서를 돌리는 경우가 많아. 믿을 수 없겠지만 슬리퍼나 트레이닝복 차림으로 이력서를 돌리는 사람이 허다해. 정돈되지 않은 모습은 거부감을 줄 수 있으니까 조금은 신경 써주었으면 해!

최소한의 준비는 마치기

호주에서 경제 활동을 하기 위한 최소한의 절차는 마친 후에 구직을 하는 게 순서야. 고용이 확정되고 나서 서류 작성을 하는데 그때가 돼서야 갑자기 "택스 파일 넘버 아직 신청 안 했는데?", "계좌가 아직 없어. 그냥 현금으로 주면 안 돼?" 하는 사람들이 있어. 택스 파일 넘버는 호주에서 발행하는 고유의 납세 코드로, 고용인의 주민등록번호와 비슷한 거야. 정상적인 곳이라면 고용을 미룰 수밖에 없어. 발급까지 족히 2주는 걸리는데, 사람이 급하게 필요하다면 기다리기 힘들지. 호주인들은 이런 일을 이해하지 못 해. 너무 기본적인 거라고 생각하니까. 계좌와 택스 파일 넘버를 개설한 후에 구직 활동을 해도 늦지 않으니, 모두 준비를 마치도록 하자.

적당한 시간에 방문하기

바쁜 시간은 피해서 이력서를 돌려줘. 레스토랑엔 정신없이 바쁜 시간이 있어. 그때 누가 이력서를 들고 오면 짜증부터 내기도 해. 기본적인 것도 모르냐는 생각이 들거든. 정신없이 일하는 와중에 매니저를 찾아 이력서를 주는 건 실례이기도 하고, 그렇게 받은 이력서는 아무 데나 던져놓기 때문에 아예 잊힐 때가 많아. 그럴 때 이력서를 내는 건, 안 내느니만 못 해. 나 역시도 손님들 받기도 정신없는데 이력서를 내려왔다고 하면 짜증이 나기도 하고 말이야. 같은 요식업이라도 바쁜 시간들은 제각각이야. 예를 들면 카페들은 출근 시간에 바빴다가, 좀 조용하다가 또 점심이 되면 바빠지거든. 그리고 보통 4시쯤이면 문을 닫아. 반면 레스토랑은 12시부터 2시까지 바쁘고, 저녁은 6시부터 바빠지는 경우가 일반적이지.

내가 생각했을 때 이력서를 돌리기 가장 좋은 시간은 아침 10시부터 12시까지, 혹은 오후 2시부터 5시까지야. 브레이크타임인 곳도 있을 테고 쉬는 중인 곳도 있겠지만, 많은 곳들이 그 시간대에는 한가한 편이야. 매니저나 사장을 직접 만나 이력서를 주고 좋은 인상을 남길 가능성이 높아. 분위기를 봐서 너무 바빠 보이면 나중에 다시 방문하는 게 좋고 말이야. 그리고 되도록 사장이나 매니저에게 이력서를 직접 건네는 편이 좋아! 눈을 마주치면서 얼굴을 익힌 사람과 그냥 종이로만 만난 사람은 인상이 확연히 다르거든. 가게에 들어가서 당당하지만 예의 바르게, 혹시 너희 사장이나 매니저가 있다면 1분만 이야기할 수 있을까? 하고 물어봐.

이력서 돌린 곳은 확실히 기억해두기

이력서를 돌린 곳의 위치와 이름들을 메모해둬야 헷갈리지 않아. 나는 과한 용기로, 막무가내로 여기저기에 뿌리고 다녔거든. 그러고 나니까 어디가 어디인지도 모르겠고, 나중에는 완전히 헷갈리고 정신없더라. 이력서를 많이 뽑아서 뿌리는 것도 중요하지만, 전화가 왔을 때 어떤 곳에서 전화를 했는지 정도는 파악할 수 있을 정도로 하는 게 나아. 전화가 왔는데 이름도 잘 모르고, 어디라고? 샌드위치 집? 아니다, 카페인가? 하면 일단 거기서 점수가 깎이거든. 그리고 한국에서 영어를 웬만큼 하고 온 친구들도 전화 영어에 약하고, 처음 들어본 호주 발음에 익숙해지기까지는 시간이 걸릴 수밖에 없어. 전화가 갑자기 걸려오면 당황하게 돼. 이력서를 내서 전화가 왔는데, 대체 어딘지 모르겠어서 울상 짓는 경우를 수도 없이 봤어. 그러니 이력서를 내고 간단하게라도 메모를 해둔다면 나중에 편하겠지.

호주 식문화 공부해두기

시간적 여유가 있다면 호주의 식문화를 조금이라도 공부해 두는 게 좋아. 내가 아는 호주인 사장들은, 외국인에게 이력서를 받으면 몇 가지를 물어본대.

"글루텐 프리가 뭔지 알아?"

"플랫 화이트가 뭔지 알아?"

"페스코가 뭔지 알아?"

세 가지 정도를 무작위로 물어봐서 아무것도 모르면 아예 면접을 보지 않는다는 거야. 호주 식문화에 대해 아예 모르면 교육하는 데 시간이 더 많이 걸리고, 손님들의 알레르기나 식단에 대한 이해가 없기 때문에 사고가 날지도 모른다는 거지. 한번은 한국인을 고용했는데, 글루텐 프리가 무엇인지 모르고 밀가루를 먹지 못하는 손님에게 밀가루가 들어간 빵을 줘서 큰일 날 뻔했다고 하더라. 나만 해도 와인에 익숙하지 않아서, 다 차갑게 마시는 건 줄 알고 레드와인도 냉장고에 넣고, 얼음 넣고 그랬어. 경력이 좀 있길래 뽑았는데 왜 이러냐면서 다들 고개를 갸우뚱하더라.

우리가 한국에서 식당을 하는데, 백반, 초장, 반찬 등 아주 기초적인 것부터 가르쳐야 하는 것과 마찬가지야. 외국인이라고 해서 돈을 덜 주는 것도 아닌데, 이왕이면 기본적인 정보는 알고 있는 사람을 구하고 싶은 거지. 교육이 오래 걸리면 사업에는 손해니까. 그래서 간단한 시험을 보는 곳도 있고, 면접 시에 몇 가지를 물어보는 경우도 있어. 채식주의자 중에는 비건vegan이라고 완전 채식을 하는 사람들이 있는데, 이들은 김치도 못 먹어. 젓갈이 들어갔으니까. 반면 페스코pesco는 해산물은 섭취하는 채식주의자야. 이런 건 호주에서는 상식인데, 한국에는 아직 모르는 사람들이 많잖아. 이곳에는 무슬림이나 유대인 등 까다로운 손님들도 있고, 까딱 잘못했다간 큰 사고로 이어질 수 있기 때문에 고용주들 입장에서는 현지 사정을 잘 모르는 사람을 고용하기는 부담스러워. 다행히 요새는 인터넷에 정보가 차고 넘치니까, 혼자 조금만 공부해도 충분하더라. 호주식 커피, 식문화, 음식 알레르기 등에 대해 좀만 공부해가면 좋을 것 같아. 한국과는 완전히 다른 문화권이니까, 식문화도 다를 수밖에 없잖아. 완벽하진 않더라도, 고용주 입장에서 봤을 때 이 친구가 아예 문외한은 아니구나, 조금만 가르치면 되겠다 싶게끔 시간을 투자해봐.

과도한 저자세는 금물

호주는 한국처럼 무슨 말이든 잘 듣는 착한 사람보다는, 눈을 잘 마주치고 여유 있게 웃는, 당당한 사람을 더 선호해. '고객이 왕이다' 주의가 아니라 '모두 평등하다' 주의거든. 그래서 손님에게도 무조건 친절한 사람보다는 당당하게 선을 그을 줄 아는 사람을 선호해. 조금 적응이 안 되더라도, 당당한 척하는 편이 더 좋은 인상을 줄 수 있어. 겸손하고 낮은 자세를 좋아하는 사람들도 있긴 하지만, 호주 문화에서는 대체로 명랑하고 당당한 사람들을 선호한다는 걸 꼭 알아두었으면 해.

/ 근무 여건은 주저 말고 물어보기

한국은 정서상 대놓고 돈 이야기를 하는 걸 꺼려하는 경향이 있는데, 호주는 그렇지 않아. 처음엔 일자리를 빨리 구하고 싶고, 초조하겠지만 돈도 짜고 시간도 안 맞는 알바를 구했다가는 오히려 더 힘들어져. 처음에 조금 시간이 걸리더라도 제대로 된 일을 구하는 것이 훨씬 나아. 조급해하지 말고, 꼼꼼히 따져가면서 골랐으면 해.

05

돈,
많으면 많을수록 좋지만

이민자들이 흔히 말하는 이민의 3대 요건은 바로 돈, 기술, 언어야. 저 세 가지 중 두 개만 확실하게 갖고 있다면 이민이 가능하다는 게 보편적인 이야기야. 나도 동의하는 부분이고. 이 중 돈, 그리고 언어에 대해 말해볼게.

일단 첫 번째로 돈. 실제로 이민에 성공하기까지 얼마나 많은 돈이 필요한지, 자로 잰 듯 정확히 계산하는 건 불가능해. 어학연수가 필요한지, 필요하다면 기간은 얼마인지에 따라 다른 데다 영주권을 언제 받을 수 있을지는 내 의지에 따라 조절할 수 있는 게 아니니, 그때까지 들어갈 생활비까지. 그리고 학비, 보험, 영어 시험 비용, 씀씀이……. 변수가 워낙 많아서, 사실 100퍼센트 케이스 바이 케이스야.

돈이 중요한 요소긴 하지만, 돈이 모자란다는 이유만으로 이민에 실패하는 경우는 별로 없어. 돈이 없으면 어떻게든 끌어오든가, 본인이 투잡, 아니 쓰리잡을 뛰어서라도 마련하더라고. 괜히 이곳이 세계에서 가장 임금이 높은 나라, 호주겠어. 몸이 힘들 뿐이지, 돈한 푼 없이 와도 여기서 열심히 벌어서 이민까지 성공하는 사람들도 많아. 나도 거기에 포함되고 말이야. 하지만 여기나 한국이나, 돈이 있다고 해서 안 좋을 건 없어. 영어 점수나 학위도 결국 공부를 해야 생기는 건데, 알바에 매진하는 나와 집에서 보내주는 학비로 공부만 하는 내 친구 중 누가 더 빨리 점수를 올리겠니.

부끄럽긴 하지만, 내가 영주권을 따기까지, 순수하게 영주권을 위해서만 버린(?) 돈을 먼저 공개해볼게. 나는 첫 유학 시절, 3년 동안 600만 원씩 여섯 번의 학비를 냈고, 총 7년 동안 비자를 여섯 번 신청했어. 난 워홀 이후, 어학연수를 시작한 순간부터 영주권을 딴다는 목표를 세웠었으니, 모든 학비, 비자 신청비, 비자 처리에 드는 법무비로 지불한 금액을 '영주권을 따기 위해 지불한 비용'으로 산출해볼게. 참고로 말하자면 나는 워홀과 어학연수 후, 학교를 1년 마친 후부터 남자친구와 파트너로 비자 신청을 해서 졸업생 취업 비자부터는 두 명이 동반으로 지불한 비용이야. 내가 여태까지 신청했고 취득한 비자 목록은 다음과 같아.

1. 유학생 비자

2. 457 비자

3. 유학 후 졸업생에게 주어지는 장기 취업 비자

4. ENS(경력기술자 정부지원)를 통한 영주권 신청

이 중 457 비자는 고용주의 지원으로 받을 수 있는 취업 비자인데, 나는 이 비자를 세 번이나 신청했어. 처음에는 회사가 부도나서 무산됐고, 그다음엔 신생 회사라는 이유로 1년짜리 단기 비자만 나왔거든. 그리고 다시 한번 4년짜리 457 취업비자를 받았지만 1년만 쓰고 네 번째 ENS 비자를 받았지. 그리고 중간 중간 아이엘츠IELTS라는 비싼 영어 시험을 봐야 했고, 의무적으로 사보험을 매번 갱신해야 했어.

비자 신청과 이를 위한 법무에 들어가는 비용만으로 순수하게 약 7,000만 원을 지불했어. 여기에 학비와 영주권에 필요한 영어 시험을 준비하고 치르는 비용까지 계산하니 7년 동안 야금야금 1억에 가까운 돈을 썼더라. 경이로운 건, 둘이 열심히 일하다 보니 이 돈과 생활비를 다 충당할 수 있었다는 거야. 사실 학교를 졸업한 후부터는 호텔에 취업해 한 직장만 다녔는데도 크게 쪼들리며 살지 않았어. 저 세금과 비자 신청비를 다 갖다 바치고서도 작은 가게 하나 시작할 돈을 모은 걸 보면, 이 나라 임금이 정말 대단하긴 하구나 싶어. 아니면 내가 진짜 독한 애든지. 함께 고생한 내 남자친구도 마찬가지고 말이야.

돈은 한번에 갖다 바치는 게 아니고 500만 원, 300만 원, 100만 원, 이렇게 야금야금 상납하기 때문에, 계산기를 두드려보지 않는 이상 목돈이 나가고 있다는 게 실감나지 않아. 좀 힘들긴 하지만, 주 3일만 학교에 가도록 시간표를 짜고 나머지 시간에 모두 알바를 한다면, 등록금을 벌어가면서도 비자를 준비할 수 있어. 나는 다행히 2학년 때부터는 남자친구가 일을 하고, 난 학교를 다니며 영어 공부와 취업 준비를 둘 다 제대로 할 수 있었어. 커플이라면 한 명만 영주권 조건을 충족해도 둘 다 신청할 수 있기 때문에, 한 명은 일해서 자금을 조달하고 나머지 한 명은 경력이나 영어 등을 준비하며 영주권 신청 조건을 마련하는 경우가 많거든.

물가가 비싸긴 하지만 안 쓰면 되니까, 호주는 돈 모으기는 괜찮은 나라야. 단, 무서운 건 돈 자체가 아니야. 돈이라는 요물이 주는 무력감이야. 돈을 모으다 보면, 한국보다 빠르게 통장 숫자가 올라가는 게 너무 뿌듯해서 힘든 줄도 몰라. 그런데 그러다가 목돈이 모일 듯하면 또 학비를 내야 해. 또 열심히 일해서 목돈이 될락 말락 하면 그때는 비자를 신청해야 하고. 또 일하다 보면 비자 만료가 다 가오고, 몇백만 원 나가는 건 우습고……. 이런 일이 수도 없이 반복돼.

학교를 졸업하고 제대로 취업해서 기반을 다지기 전까지는 이게 가장 힘들어. 학비, 비자 신청, 보험이라는 뫼비우스의 띠 위에서 나는 대체 뭘 하고 있는 걸까, 싶어져. 차라리 안 모아지는 게 낫겠다 싶을 정도로, 돈이 모이려고 하면 무슨 탐관오리에게 갖다 바치듯 학교, 정부에 목돈을 내야 하니까 허탈해져. 이런다고 영주권을 딸 수는 있는 걸까, 괜한 헛수고 아닐까 하는 생각이 들면 기운이 빠지는 거지. 더 이상 이런 짓 못 하겠다고 한국으로 돌아간 친구들도 수없이 봤어. 물론 나보다 훨씬 적게 들어서 이민에 성공한 사람들도 있어. 나는 숙련된 기술자로서 이민을 온 게 아니고, 이곳에서 유학해 기술까지 배운 사례이기 때문에 유학 비용에다가 경력을 쌓는 동안 비자 비용, 생활비까지 들어갔거든. 반대로 나보다 훨씬 고생한 사람도 있고. 나는 하나의 사례일 뿐이야.

내 이야기의 요지는, '돈'이란 게 이민을 쉽게 만들어주는 큰 요소인 건 확실하지만 돈이 없다고 해서 이민이 불가능하지는 않다는 거야. 돈만큼이나 크게 작용하는 다른 요소도 많으니까. 취업이나 공무원 시험과 비슷해. 돈이 있으면 유리하지만 없다고 해서 도전도 못 할 정도는 아니야.

하지만 네가, 자본주의에 지쳐 '돈, 돈, 돈' 하지 않는 곳에서 살고 싶어서 이민을 꿈꾸는 거라면 다시 한번 생각해보길 권해. 내가 그랬거든. 비교당하지 않고, 소박하게 벌만큼 벌고 아껴 쓰면서 마음만은 여유롭게 살고 싶었어. 그런데 웬걸, 호주도 결국 자본주의 국가고 현실은 내 마음 같지 않더라. 이민 와서 자리 잡은 후에는 네가 원하는 것처럼 소박하고 여유롭게 살 수 있을지 몰라도 이민하는 과정에서는 내 의지와 상관없이 지불해야 하는 돈이 있어. 이민이 모두 끝난 후의 여유로움만을 그리다가 너무나도 다른 현실에 주눅 들어버리지는 않길 바라. 최대한 현실적으로 고민해보고 왔으면 좋겠어.

그리고 두 번째로 언어 이야기야. 영어, 혹은 외국어를 한국에서 제대로 공부하기는 쉽지 않지. 영어를 계속 접할 수 있는 환경이 아니니까. 그런데 정말 아이러니한 이야기지만, 어떤 언어 시험이든 '높은 점수만을 목표로 한 공부'를 할 수 있는 곳은 누가 뭐래도 한국이라고 생각해. 실력이 같은 두 명이 있어. A는 영국에서 공부하고, B는 한국에서 공부한다고 가정해보자. 마음먹고 3개월 안에 토익 만점을 만든다고 할 때 영어의 본고장, 영국에 있는 A가 유리할까, 아니면 한국에서 족집게 강좌를 듣는 B가 유리할까?

한국이 확실히 빠를 거야. 언어로 소통하는 능력보다 점수에만 중점을 둔다면, 한국만한 곳이 세상에 없거든. 말하고 쓰는 걸 좋아하는 나는 영어가 빨리 느는 편이었어. 그리고 원래 기초가 없을수록 스펀지처럼 그대로 흡수한다고 하잖아. 나는 한국에서 영어를 제대로 공부한 적이 없으니, 그런 면에서는 아주 좋은 백지 상태였지.
영어 실력이 빨리 는다고 우쭐했는데, 막상 시험을 준비하니 또 회화와 점수는 별개더라. 시험은 객관적으로 채점하고 평가하는 도구잖아. 내가 아무리 듣기, 말하기에 자신이 있어도, 시험 맞춤형으로 공부한 사람을 따라갈 수가 없더라. 비록 그 사람이 나보다 훨씬 회화 실력이 부족할지라도 말이야.

물론 현지 취업과 일상생활을 위한 회화는 호주에서 배우는 게 훨씬 빨라. 한국에서 배운 딱딱한 미국식 영어는 호주의 일상생활에서 쓰려면 한번은 대대적으로 수정을 거쳐야 하거든. 그러니 현지에서 배우는 게 유리할 거야. 하지만 입학이나 비자 신청을 위한 점수를 확보하려면, 한국에서 미리 어느 정도 준비해서 오는 편이 현명할지도 몰라.

호주는 아이엘츠라는 시험을 기준으로 이민과 입학을 결정해.(최근 PTE라는 대체 시험이 생겼지만 아직 보편화되지는 않았어!) 이 시험은, 모든 영어 시험 중 가장 실용적이라고 평가되는 시험이야. 시험관과 일대일로 25분간 세 가지 주제로 토론을 나눠 말하기를 평가하고, 주제에 맞춰 편지 쓰기, 특정 사회문제에 대한 에세이 쓰기를 통해 쓰기 실력을 평가해. 그리고 듣기와 독해까지, 네 가지 파트로 구성돼 있어.

한국에도 지금은 아이엘츠 전문 학원이나 강좌가 꽤 많고, 이민을 준비하는 많은 사람들이 한국에서 아이엘츠를 준비해. 호주에서 지내다가도 한국으로 가서 공부하는 희한한 경우도 꽤 있어. 일단 시험 신청비부터 한국이 저렴해. 그리고 시험을 준비하려면 학원에 다녀야 하는데, 한국의 아이엘츠 학원이 훨씬 '가성비'가 좋아. 같은 가격에 수업 시간도 길고, 원어민 강사 비율도 높지. 이건 부정할 수 없는 사실이야. 호주 사람에게 수업을 받으면, 처음부터 끝까지 영어로 수업을 하니까 더 낫지 않을까 생각할 수도 있지. 하지만 시간이 정해진 상태에서 시험 대비 팁, 유형에 따른 팁 등 디테일한 정보를 흡수하려면 사실 한국어로 듣는 편이 훨씬 이해가 잘 돼. 시험 점수를 올리는 것과 영어 실력을 높이는 건 별개의 문제더라고.

그래서 이민을 준비하고 있다면, 떠나기 전 한국에서 영어 점수를 미리 만들어놓고 시작하는 걸 추천해. 전략적으로도 신의 한 수고, 심리적으로도 굉장히 든든해지니까. 물론 돈 모으고, 이것저것 준비하려면 조급하겠지만, 미리 준비한 영어 점수는 큰 도움이 될 거야.

영어 점수는 정말 이민의 숨은 복병이야. 생각보다 쉽게 딸 수도 있지만, 다 준비해놓고도 여기에 발목 잡힐 수도 있어. 나랑 가장 친한 한 동생은, 내가 아는 사람 중에 가장 영리하고 성실해. 모두의 신뢰를 받는 똑똑한 동생인데, 아무도 그 아이가 영어 점수 때문에 몇 년씩 고생하며 피눈물 흘릴 거라고는 생각하지 못했어.

이 영주권 영어 시험이라는 건, 우리에게 점수를 주려고 고안한 게 아니라 우리 중 누가 못하는지 걸러내려고 고안한 시험이잖아. 조금만 방심해도 한 끗 차이로 계속 떨어지는 거야. 이 친구는 점점 긴장이 심해져서 시험장에만 들어가면 머리가 하얘지고, 입이 안 떨어지는 지경까지 이르렀어. 어느 날 머리를 쥐어뜯으면서 말하더라. 누나가 한국에서 미리 준비할 수 있는 일 중 가장 큰 일이 영어 점수라고 말했던 게 무슨 말인지 이제야 알 것 같다고.

생활에 쓰이는 영어와 영어 점수는 결코 똑같은 게 아니야. 장기적으로는 생활 영어 실력이 호주에서의 삶의 질을 좌우하겠지만, 이민법 기준으로 봤을 때 문제인 건 그저 점수야. 일상생활에서 얼마나 영어 실력이 유창한지는 중요하지 않아. 난 주방에서 영어를 배웠기 때문에, 내 영어는 약간 거칠고 문법도 여기저기 틀리는 데다 슬랭slang도 많았어. 그렇게 일상생활에서의 영어는 자유로워도, 시험에서는 낙제 수준이었지. 그걸 교정하느라 정말 많은 시간과 돈을 투자했어. 아이엘츠 만점에 한국에서는 영어 선생님이셨던 과외 선생님이 그러시더라. 자기 영어는 너무 딱딱해서 일상에서 사용하기는 너무 어색하다고, 나한테 현지 영어 과외를 받고 싶다고.

아무튼 생활 영어는 현지에 가서 열심히 배우더라도, 만약 할 수만 있다면 한국에서 어느 정도 영어 시험을 준비하고 가면 좋을 것 같아. 점수까지 만들어 가면 더 좋고! 시간과 노력을 엄청나게 줄여주는 건 물론이고, 심리적으로도 굉장히 도움이 될 거라고 생각해. 아니, 확신할 수 있어.

미리 영어 점수를 준비해서 호주에 온 친구들은 정말 백이면 백, 입을 모아 말하더라. 미리 준비해놓길 잘했다고. 마음이 너무 편하다고. 최소한, 한국에서 기초 문법이나 어휘라도 공부하고 오기, 한국에서 시험 유형이라도 파악하고 오기. 물론 최선은 한국에서 미리 시험 점수를 만들어놓고 오기.

지금 이 글을 읽고 있는 네가 이민을 준비하기 전의 나처럼 아직 아무것도 없고, 돈도 별로 없고 기술도 없지만 이민을 가고 싶어 하는 20대라면, 그리고 어디부터 시작해야 할지 난감해하고 있다면, 영어 공부부터 차근차근 시작해보는 건 어떨까. 요새는 인터넷 강의도 잘 돼 있고 화상 과외, 스터디카페 등 알아보면 길은 정말 많아. 굳이 큰돈을 들이지 않아도 충분히 시작할 수 있으니까, 틈틈이 준비하면서 이민에 대해 알아보고, 생각을 정리해봤음 좋겠어.

06

수박 겉핥기라도
안 하는 것보다는 낫다

지금 배우고 있는 전공이나 직업이 이민에 유리할지 궁금하거나, 아니면 어떤 전공과 일자리를 택해야 할지 알고 싶다면 이민 상담을 받아보는 걸 강력 추천해. 혼자 속 끓이지 말고 말이야! 아마 이민 상담이라는 말이 너무 거창하게 느껴질 수도 있을 거야. 아니면 준비한 게 아무것도 없어서 상담 받기가 꺼려질 수도 있고. 아는 게 아예 하나도 없어서 뭘 물어봐야 할지조차 모른다거나, 상담 비용이 부담스러울지도 모르지.

하지만 생각보다 그렇게 어렵지 않아. 수박 겉핥기식으로 아주 간단한 상담일지라도, 그 상담을 받아보는 건 네가 이민의 개념을 이해하는 데 굉장히 큰 도움을 줄 거야. 네 생각보다도 훨씬 많이. 물론 아주 자세하게 알아보자면 끝도 없겠지만, 일단 이게 꿈만 꾸고 말 일인지, 실제로 실현 가능한 일인지를 알아보는 정도는 간단할 거 아냐? 당장의 계획 같은 건 없고, 그저 막연하게 생각만 하는 정도라고 해도 말이야. 잘 찾아보면 무료 컨설팅을 제공하는 이민 법무사나 변호사도 많아. 이민 전문가들이 운영하는 온라인 카페도 있고.

이런 컨설팅 업체들에서는 보통 먼저 네 전반적인 상황, 네가 가진 조건들을 종합한 후 "귀하의 상황으로 봤을 때, ○○나라에서 △△형식으로 이민을 진행하는 것이 가장 유리할 것으로 판단됩니다" 같은 간단한 답변을 해줄 거야. 그러고 나서 더 자세한 상담을 원한다면 유료 상담을 추천한다거나, 사무실에 방문하라는 이야기를 덧붙이겠지. 조금 허무할 수도 있지만, 이 정도도 괜찮아. 어디부터 어떻게 알아봐야 할지 모르겠는 상황에서, 이정표가 생긴 거나 다름없잖아. 아, 그 형식의 이민에 대해 알아보면 되겠다, 하고 시작하면 되는 거야.

금전적으로 여유가 있거나 좀 더 진지한 마음이라면 유료 상담을 받아보는 편이 당연히 더 좋겠지. 하지만 무료 상담도 아예 안 받는 것보다는 훨씬 나으니까 꼭 알아보길 바랄게. 포털 사이트에서 무료 이민 상담이라고만 검색해도 다양한 업체가 나올 거야. 컨설팅을 받기로 결정했다면, 부끄러워하지 말고 네 상황을 최대한 자세히 말해봐. 이민에 변수가 될지도 모르는 요소가 있다면, 최대한 상세하게.

물론 지금은 적을 만한 게 하나도 없어도 괜찮아. 컨설팅을 받는다는 건 그저 방향성을 잡는 것뿐이니까. 컨설턴트도 역시 방향성을 잡아주는 사람일 뿐, 네가 이민을 갈 수 있을지, 없을지를 판단하는 사람이 아니야. 보이지 않는 길도 찾아서 이민 갈 수 있게 도와주는 게 그들의 몫이고. 어떻게든 꼬투리를 잡아서 탈락시키는 사람들이 아니라 어떻게든 합격시키려는 사람이야. 최대한 솔직하고 자세하게 말하길 바라. 없으면 없는 대로 솔직하게! 그래야 지금 네가 가진 것을 토대로 제대로 판단할 수 있으니까. 네가 가진 것이 많든, 적든, 혹은 백지 상태든, 솔직하게 털어놓고 이민 상담을 받아봐. 그럼, 이민 상담에서 말하면 좋을 만한 것들을 나열해볼게.

1. 현재 나이
2. 파트너 혹은 동반 가족 유무
3. 전공, 학위, 자격증(유무)
4. 재직 중인 직종 및 증명할 수 있는 경력
5. 보유 자산

6. 친인척 중 이민 가 있는 사람이 있는지

7. 공인 영어 시험 점수 유무 및 언어 소통 가능 여부

8. 범죄 기록

9. 병력사항

10. 타국에서 비자가 거절된 경험이 있는지.

11. 예술이나 체육 분야에 수상 경력이 있는지

12. 이민 희망 국가에 방문한 적이 있다면 어떤 비자로
    방문했으며 특이사항은 없는지

13. 언제, 어떤 나라로 어떤 이민을 가고 싶은지

이 중 쓸 것이 있으면 있는 대로, 없으면 없는 대로 작성하는 거야.
아무것도 없다고 해도 상관없어. 오히려 컨설팅하기 쉬울지도 몰라.

어쩌면 너무 사소해서 간과하고 있던 게 네 이민을 좌우하는 복병
이 될 수도 있어. 내가 아는 한 커플이 있어. 남자가 3년간 고생해
서 영주권을 준비하고 여자는 열심히 뒷바라지만 했는데, 알고 보
니 여자는 영어 점수만 준비되면 영주권을 바로 신청할 수 있는 자
격이 있었던 거야. 여자 쪽이 더 이민 가능성이 높을 거란 생각을
못했던 거지. 사실 이민법은 일반인들이 이해하기에는 너무 방대하
고 복잡해서, 생각지도 못한 방법으로 이민이 가능할 때도 종종 있

거든. 난민, 종교인, 혹은 예술인 자격으로. 보통 많이들 떠올리는 기술 이민, 사업 이민, 결혼 이민 외에도 굉장히 다양한 방법이 있어. 누가 어떻게 이민이 가능한지는, 사실 전문가가 아닌 이상 바로 파악하기 힘들어.

컨설팅을 받아볼 마음이 생겼다면 최소한 두 군데 이상에 문의해보면 좋겠어. 웬만하면 무료 컨설팅을 해주는 업체 중 세 군데 정도에는 상담을 받아봐. 왜냐하면 첫째로, 이민법은 워낙 자주 바뀌어서 전문가들조차도 곧바로 숙지하지 못하는 경우가 있기 때문이야. 둘째로, 솔직히 말해 견적 비용을 더 요구할 수 있는 방법을 알려주는 건지, 아니면 그게 진짜 내게 유리한 방법인지 여러 곳의 상담 결과를 비교해보기 전까지는 알 수 없어. 최대한 양심적인 업체를 찾아내야 해. 마치 과잉 진료하는 병원을 피하는 것처럼 말이야. 그리고 전문가라고 해도 네가 갈 수 있는 모든 길을 제시해줄 수는 없어. 처음 컨설팅에서는 미처 생각지 못했던, 훨씬 더 편리한 길을 두 번째, 세 번째 컨설팅에서 찾을 가능성도 있어. 마지막으로, 무료 컨설팅이기 때문에 그들은 모든 정보를 제공해주지 않을 거야. 정보를 조각조각 얻겠지. 이곳저곳에서 컨설팅을 받으면, 그 단편적인 정보가 모여 풍성한 정보가 될 수도 있어.

이민 컨설팅을 받는다는 것만으로도 그저 꿈꾸는 것에 불과했던, 막연했던 이민이 더 구체화되고 현실화되는 게 느껴질 거야. 손해 볼 건 없으니, 한 발자국 일단 내딛어보는 거야. 막상 구체화된 그림을 보면 내가 원하던 게 아닌 것 같기도 하고, 부담스러워질 수도 있어. 그렇다면 그 길을 걷지 않으면 돼. 길 앞에 서서, 그 길을 들여다보지도 않고선 꿈만 꾸다가 끝내지는 말아줘. 일단 포기하더라도 살짝이라도 들여다본 후에 했으면 좋겠어. 물론, 만약 네가 한국에서 행복하지 못하다면 말이야.

07

호주에
〈논스톱〉은 없었다

보통 평범한 사람들이 이민 가는 방법 중 가장 흔한 건 유학을 통한 기술 이민이야. 이번에는 그 첫걸음이 될 대학교 고르기에 대해 이야기해볼게.

이민을 준비하며 너는 유학원이나 법무 사무실과 적어도 한 번쯤은 상담을 하게 될 거야. 어떤 전공은 대학원만 들어가 졸업한 후, 1년 정도의 경력만 쌓으면 바로 영주권을 신청할 수도 있고, 비교적 오래 공부해야 하거나 많은 경력이 필요한 전공도 있어. 간호나 치기 공, 요리처럼 특수한 전공을 한국에서 미리 배운 게 아니라면 보통은 호주에서 할 전공과 학교를 정해야 할 거야. 아마 생소한 학교들, 그리고 평생 한번도 생각해보지 않았던 전공에 대해 듣게 되겠지. 이 학교, 저 학교의 장단점, 전공의 장단점, 어떤 전공이 이민에 유리한지 등등 쏟아지는 정보를 듣다 보면 혼란스러워질 수밖에 없어. 왜냐면, 완전 미지의 세계니까.

유학을 결정하려면 보통 어느 지역에서, 어떤 전공을, 어느 학교에서 배울 것인지 세 가지를 정해야 해. 그리고 나는 세 번째, '어느 학교에서'에 대해 구체적으로 이야기해볼게. 어떻게 보면 쉽고, 또 어떻게 보면 어려운 결정이야. 그리고 저 세 가지 중 영주권에 가장 직접적인 영향을 미치지 않을 수도 있어. 하지만 한국의 대학을 생각하고 들어오면 많이 달라서 실망하거나 힘들어하는 경우도 많거든. 일단 학교를 선택하고 입학하기 전에 미리 가볍게 알아두면 좋을 것들부터 말해볼게. 단, 나와 내 지인들은 보통 '쿠커리cookery'라고 불리는 요리 학교 출신이기 때문에 내가 말하는 모든 게 보편적일 수는 없단 걸 기억해줘!

우선, 우리가 흔히 생각하는 '재미있는 대학생활' 같은 건 딱히 없어. 호주 대학교에는 동아리, MT, 술자리 등등 대학생활의 묘미가 없거든. 간혹 한인 모임이 있어서 신입생 환영회나 유학생 MT, 모임 같은 걸 하기도 하지만 극히 드물어. 특히 한국의 전문대와 비슷한 '기술학교'에는 그런 게 거의 없다고 보면 돼. 물론 친구들과 재미있게 보낼 수는 있지만, 그건 개개인의 친분일 뿐 학과나 학교 차원에서 즐거운 시간을 마련해주진 않는다는 이야기야.

선후배, 동기라는 개념도 전혀 없어. 내겐 딱히 선배나 후배를 만날 기회가 없었고, 다른 학교 출신인 주변 친구들도 마찬가지야. 선배에게 도움을 요청한다든지, 식사를 얻어먹는다든지 그런 친목을 나눌 기회가 생기진 않아. 하지만 각자 개인적인 친목을 통해 같은 학교를 먼저 다녔던 친구를 사귈 수 있다면 도움이 되긴 할 거야. 책이나 실습 도구를 싸게 살 수도 있고, 과제에 대한 팁을 얻을 수도 있으니까. 그러니 그런 기회가 생긴다면 마다하지 말고 반갑게 친목을 나누었으면 해!

한국인 친구는 마치 셰어하우스 패밀리와 비슷해. 양날의 검이 될 수 있어. 내 주위에는 한국인들과만 똘똘 뭉쳐 다니다가 영어도, 뭣도 하나도 늘지 않고 한인 사회에서만 일하며 한국과 다름없이 사는 애들도 많거든. 나름대로 행복하게 지내는 친구들도 있지만, 후회하는 친구들도 많아. 그렇다고 반대로 유학하며 일부러 한국인과는 전혀 교류하지 않는다면? 이것도 무조건 좋다고는 생각하지 않아. 보통 이런 경우엔 영어가 완벽하지 않은데, 영어 실력에 대한 욕심이 많은 친구들이 많거든. 하지만 도움을 주지도, 받지도 못하니 모자란 영어 실력으론 수업을 따라가거나 과제 자체를 이해하지 못하지. 그러면 당연히 뒤처지게 되고. 다른 한국 친구들은 잘하는 친구들 중심으로 서로 도와서 끌어주고, 밀어주는데 처음부터 한국 인들과 선을 그으면 당연히 도움받지 못하지. 그러다가 뒤처져서 졸업하지 못하거나, 결국 유학을 포기한 경우까지 봤어. 한국인 친 구들과는 균형을 잘 잡아서 만나봐. 똘똘 뭉쳐 모여 다니는 것도 안 좋지만, 그렇다고 무작정 선을 그어버릴 필요도 없어.

그리고 학교 선택에 대해 좀 진지한 이야기를 해볼게. 수업이 많고 엄격한 학교와 비교적 출석일수가 적고 여유로운 학교, 둘 사이에 골라야 한다면, 우선 네 목적과 성향을 잘 파악할 필요가 있어. A와 B로 나눠볼게. 네가 어떤 쪽에 가까운지 생각해봐.

／ A타입 학교의 지명도가 중요하다.

힘들더라도 제대로 배워, 졸업한 후에도 전공을 써먹고 싶다.

돈 걱정 없이 학업에만 열중할 수 있는 환경이다.

학업에 많은 부분을 할애하며 호주생활을 하고 싶다.

압박이 강한 상황에서 영어 실력이 더 빨리 늘 것 같다.

／ B타입 학교의 지명도는 중요하지 않다.

최대한 수월하게 졸업장을 받아 영주권을 따는 게 목표다.

학업과 일을 병행해야 하거나, 목돈을 만들고 싶다.

학업보다는 경력과 인맥에 중점을 두고 싶다.

비교적 여유로운 환경에서 공부하는 게 더 좋다.

네가 A타입에 해당사항이 더 많다면, 출석일수가 많고 커리큘럼이 엄격한 학교를 선택해도 괜찮아. 대부분의 사람들이 처음에는 더 엄격한 학교에 가고 싶어 해. 그런 학교들이 보통 지명도가 더 높고, 이왕 하는 유학이니 학교에 대한 욕심이 생기기 마련이거든. 하지만 네가 진짜 원하는 게 결국 영주권, 즉 이민이라면 이야기가 좀 달라져. 학교의 지명도는 사실 영주권을 따는 데에 중요하지 않거든. 유명할수록 학비는 비싸고, 그 학비를 벌며 빽빽한 수업을 따라가는 건 쉬운 일이 아니야. 이민에는 변수도 많고, 너를 힘들게 할 일은 수업 말고도 아주 다양해. 그걸 감안하고 신중하게 골랐으면 해. 아무리 좋은 학교를 간다한들, 졸업하지 못하면 의미가 없잖아.

학교에 현지인이 많은지, 혹은 유학생이 많은지도 중요하며 이 역시도 양날의 검이야. 현지인이 많은 학교는 호주 친구들도 사귈 수 있고, 영어 배우기에 좋은 환경이라는 장점이 있어. 하지만 이건 단점이기도 해. 유학생이 많은 학교에서는 교수님들도 말을 알아듣기 쉽게 해주고, 천천히 설명해주거든. 그런데 호주인이 대부분이면 이야기가 달라. 완벽한 호주 발음으로 수업이 아주 빠르게 진행되지. 웬만큼 영어에 자신이 있다고 생각하는 사람들도 '멘붕'할 정도야. 영어 시험을 보는 것과 전공 수업을 영어로 듣는 건 천지차이거든. 꿔다 놓은 보릿자루처럼 앉아 있는데 수업이 재미있을 리가 없지. 자신감이 떨어져 돌아가는 경우도 봤어. 단순한 어학연수라면 '그래도 영어 배우기 좋은 환경이 좋지' 하겠지만, 우리의 목적은 영주권이잖아. 목적이 무엇인지부터 생각하는 게 좋아.

그리고 이건 요리 유학생에게만 해당되는 이야기인데, 요리 유학을 생각하고 있다면 주목해줘! 멜버른에는 요리로 아주 유명한 W학교가 있어. 학비는 1년에 1만 7,000불이고, 수업이 많아서 일주일에 네다섯 번은 가야하고 시험과 과제도 많아. 대신 지명도가 높지. 그리고 R학교는 학비는 W학교의 절반 수준이고, 일주일에 두세 번만 출석하면 되는 데다 시험과 과제도 아주 적어. 대신 R학교를 아는 사람은 많지 않아. 둘 중 어느 학교를 가고 싶니?

형편이 받쳐준다면 물론 W가 좋겠지. 특히 요리를 배운 후 한국으로 돌아가서 요리를 할 생각이라면 되도록 이름 있는 학교를 권장해. 금전적으로 넉넉한 상황이라면 좋은 학교로 가는 편이 좋지. 하지만 이민이 목적이고 계속 호주에서 살 거라면, 그리고 형편이 여의치 않다면 굳이 유명한 학교에 들어갈 필요는 없다고 생각해. 나는 여기서 7년 동안 요리를 했지만, '너 어느 학교 나왔어?'라는 질문은 들어본 적이 없어. 어디서 일했냐는 질문은 들어봤어도. 내가 채용할 때도 마찬가지야. 지원자의 경력, 그리고 고용주가 요구하는 자격을 갖고 있는지는 확인하지만, 학교를 따져본 적은 없어.

그리고 좋은 경력을 쌓으려면 일을 많이 해야 하잖아. 하지만 학교 수업이 힘들수록 좋은 곳에서 경력을 쌓기가 힘들어. 과제, 시험 준비하느라 정신이 없는데 그럴 시간이 어디 있겠어. 좋은 학교를 나왔지만 학업에만 치중하다 실력을 못 쌓은 애들이 있는가 하면, 비교적 유명치 않은 학교를 나왔지만 레스토랑에서 배우며 실력을 쌓은 애들도 많아. 즉, 유명한 학교라고 해서 무조건 좋은 것도 아니고, 유명하지 않은 학교라도 해서 무조건 나쁜 것도 아니란 거야. 각자의 성향과 상황에 따라 후자가 더 좋을 수도 있어. 커리큘럼이 여유로우니 졸업하기도 쉽고, 학비를 벌어가며 공부할 수도 있어. 심지어 저금까지도 할 수 있어! 그리고 남는 시간에 레스토랑에서 일을 해보고 경력을 쌓을 수 있으니 이력서를 화려하게 만들 수도 있고. 사실 요리는, 책상에서 배우는 것보다 현장에서 배우는 게 훨씬 쓸모 있거든. 르꼬르동블루Le Cordon Bleu, CIAThe Culinary Institute of America처럼 세계적으로 알아주는 학교가 아닌 이상, 어설프게 좋은 곳보다는 실용적인 곳이 낫다는 게 내 생각이야. 호주에 계속 살 계획이라면!

나는 아주 애매한 학교를 선택해서 많이 후회했어. 딱 저 중간이었거든. 이름값도 중간, 학비도 중간, 커리큘럼도 중간. 그랬더니 취할 수 있는 이득이 없더라. 돈 더 주고 좋은 학교로 가서 이름값이라도 얻을 걸, 혹은 조금 여유로운 곳으로 가서 경력을 쌓을 걸, 하고 후회했지. 선택할 때는 모자란 곳이 없으니 가장 무난해 보였지만, 실제로는 어디가 좀 모자라더라도 확실히 한 가지라도 얻어갈 수 있는 곳이 낫더라.

마지막으로, 영어를 얼마나 준비해야 하는지에 대한 이야기야. 멜버른 기술학교 기준으로 보면, 입학을 위해서는 보통 아래의 세 가지 조건 중 하나는 충족해야 해.

첫 번째, 학교에서 요구하는 아이엘츠 점수를 확보해 제출하기. 이건 가장 피 말리고 힘든 길이지만, 이 조건을 넘는다면 언젠간 나 자신, 정말 잘했다며 입에 침이 마르게 칭찬하고 싶어질 거야. 이것만 하다가 나가떨어지는 사람도 많이 봤지만, 미리 준비해두고 오면 정말 든든할 거야. 한번 따놓은 점수는 3년 동안 유효하니까 적당한 시기에 미리 준비해놓으면 좋을 거야. 가능하다면 무조건 추천해.

두 번째, 학교에서 인정하는 어학원에서 영어 수업 이수하기. 학교에서 정한 어학원의 특정 클래스를 이수하면 입학 자격을 주는 학교들이 꽤 있어. 이것도 나쁘지 않은 선택이야. 친구를 좀 사귀고 나서 호주 생활을 시작하는 거나 다름없으니, 현지 적응에는 아주 좋지. 하지만 비용이 부담될 수 있고, 어학원 친구들과 너무 친해진 나머지 학교에서는 다른 친구를 사귀지 못하는 경우도 있다는 게 단점이야.

세 번째, 학교 자체 영어 시험을 통과해 입학 자격을 얻기. 사실 가장 쉬운 길이야. 난이도도 낮고 경제적이지. 보통 직업학교나 사립학교에서 많이들 이런 시험을 실시하는데, 사실 '자체 시험'이라는 게, 공정성이 떨어질 때가 많거든. 학교와 학생을 연결해주는 유학원 있잖아. 그런 곳에서는 학생을 무조건 유치해야 하니까, 시험 문제를 미리 보여준다든지 편법을 사용해 쉽게 입학할 수 있게 도와주는 곳이 많아. 어학연수에 당장 들일 돈도, 시간도 부족하다면 단기적으로는 좋아 보일 거야. 하지만 수업을 따라가지도 못하면서 편법으로 입학했다간 과락을 거듭할 수도 있어. 결국 길을 멀리 돌아가게 될 수도 있지. 영어는 쉽게 가고 싶다고 해서 빨리 끝낼 수 있는 단거리 경주가 아니라, 마라톤이란 걸 염두에 두길 바랄게.

지금은 내가 무슨 말을 하는 건지 잘 모를 수도 있어. 좋은 학교에 가라는 것 같기도 하고, 아닌 것 같기도 하고. 궁극적으로 하고픈 말은, 어떤 선택이든 양면성이 있으니 장단점과 네 상황을 최대한 고려하고 장기적으로 생각해봤으면 좋겠다는 거야. 당장 쉬워 보이고, 폼 나 보이는 걸 선택하기보다는 네가 어떤 준비가 되어 있는지, 유학을 하며 해야 할 일은 무엇인지 모두 확인한 후 영리하게 진로를 정했으면 좋겠어. 그냥 유학이라면 그저 열심히 공부해서 많이 배우고 돌아가면 끝인데, 이민을 생각하며 하는 유학은 조금 다르거든. 학교가 싫다고 해서 쉽사리 휴학할 수도 없고, 학교를 빼먹는 것도 맘대로 할 수 없어. 출석률이 80퍼센트 밑으로 떨어지면 이민성에 의무적으로 보고해야 하고, 그러면 비자에 문제가 생기거든. 경고 후엔 추방당하기도 해. 가능하다면 유학원 담당자를 보채서라도 직접 학교에 가보고, 졸업했거나 현재 다니고 있는 사람들을 만나서 솔직한 의견을 들어보는 게 좋아. 유학원에서 해주는 말만 믿고 무턱대고 결정하지 말고. 유학원도 사업체이니만큼, 유학원에 이득이 큰 학교 위주로 소개하게 되어 있으니까.

우리가 하려고 하는 '이민'이라는 일은 페이스를 잘 조절하고, 그 머나먼 길에서 장애물을 최소화하며 오랫동안 달려야 하는 마라톤 비슷한 거야. 섣불리 객기를 부릴 수도 없고, 편법을 노리는 것도 힘들지. 최소 3~4년에서 길게는 10년까지 잡고 걸어야 할 길이니 선택하기가 쉽지 않아. 내 선택 하나하나가 언제, 어떻게 작용할지 모르니까 어려울 수밖에 없어.

하지만 최대한 많이 생각해보고,
최선의 결정을 하려고 노력하면 길은 있을 거라고 믿는 거야.
사람.사는 게 다 그렇잖아. 이민도 다르지 않거든.

#08

이민 후에
오는 것들

세상 모든 일들이 그렇잖아. 나한테 명약이었다고 해서 네 병도 치
료해주리란 법 없고, 나한테는 천하의 나쁜 놈이었던 전 남자친구
도 다음 여자친구에게는 둘도 없는 순정파일 수도 있지. 내 인생템이
너에게는 한낱 쓰레기일 수도 있어. 이민도 마찬가지야. 내겐 인생
최고의 결정이라고 느껴지는 이민도, 어떤 사람에게는 인생 최악의
결정이 될 수도 있어. 내게는 행복하기만 한 호주의 하루하루가 끔
찍하게 싫다고, 지옥 같다는 사람도 꽤 만났는걸. 그래서 내 주변에
있었던 '역이민' 사례에 대해 조심스럽게 말해볼까 해.

역이민이란 이곳에서의 삶을 포기하고 다시 고국으로 회귀하는 걸
말해. 세상 모든 일과 마찬가지로 이민도 유난히 맞는 사람, 그리고
아닌 사람이 있거든. 호주와의 삶의 속도가 유난히 잘 맞았던 내 이

야기만 들으면 괜스레 환상만 생길 수 있어. 하지만 사람은 모두 다르니까. 이런 사람들도 적지 않다는 걸 알아줬으면 좋겠어.

내 남동생도 셰프야. 일곱 살이나 차이 나는 막내지. 막둥이지만 우리 삼남매 중 가장 어른스럽고 든든해. 군대에서 막 전역한 동생이 일본으로 워홀을 간다고 하는데, 내가 호주로 불렀어. 영어 공부나 좀 하고 가라고. 원래는 호주 워홀과 어학연수를 마치고 한국에서 다니던 학교로 복학할 계획이었지. 하지만 워홀이 끝날 때 즈음, 자기 전공에 비전이 없는 것 같다며 자퇴하고 나처럼 여기서 학교를 다니겠다고 선언한 거야. 반대할 줄 알았던 부모님은 의외로 긍정적이셨고, 그래서 남동생도 내 뒤를 이어 요리 유학의 길을 걷기 시작했어. 나는 사실 지금은 요리사가 아니라 요식업 경영인이되었지만, 동생은 꾸준히 요리에 파고들었어. 동생 역시 천직을 찾은 것 같더라. 동생은 멜버른에서 가장 유명한 파인다이닝 'Vue de monde'를 거쳐서 지금은 'Rockpool'이라는 레스토랑에서 꽤 높은 직책을 맡고 있어. 내가 아는 모든 요리사들 중 성장과 진급이 가장 빨랐어. 내 동생인 걸 떠나서, 동료 셰프로서 존경할 만큼.

셰프라는 직업 특성상 호주가 더 돈도 되고, 좋은 레스토랑도 많아서 배울 점이 많다는 것 말곤 나는 호주랑 맞는 게 없어.

최대한 빨리 정리하고 한국으로 돌아가고 싶어.

그런데 동생은 나와 만날 때마다 이런 말을 하는 거야. 멜버른에서의 생활이 맞춤 정장처럼 몸에 꼭 맞는 나는, 나와 비슷한 직업을 가졌고 상황도 비슷한 동생이 잘 이해되지 않았어. 진짜 궁금하다고, 대체 왜 싫은 거냐고 물어봤거든. 여기는 친구들도 없고, 재미있는 것도 없고, 가족들도 없고, 셰프로서는 좋은데, 생활은 맞지 않는대. 나는 잘 이해가 되지 않았어. 하지만 우리는 결국 타인이고, 서로를 전부 이해할 수는 없는 거니까.

어학연수를 하면서 요리 학교 학비를 모으고 있을 때였어. 내가 일하던 한국 레스토랑에는 사장의 친구들이 매일 왔었거든. 나는 스물일곱 살, 그 친구들은 30대 중후반이었어. 지금의 내 나이 정도였지. 그 언니들이 왔을 때는 영주권 따기가 어렵지 않았대. 대학 졸업하고 실습만 좀 하면 그냥 받을 수 있었다더라. 그때 비교적 쉽게 이민하고 호주에서 사는 언니들이었어. 나는 그때 호주에 온 지 얼마 되지 않았었으니까, 언니들의 삶이 굉장히 화려해 보였어. 한국에서는 보기 힘든 외제차를 몰고, 틈만 나면 모여서 놀고 골프 치고, 나이보다 훨씬 어려 보이고 말이야. 나는 이민에 대한 열망이 한참 불타오를 때라서, 언니들이 마냥 부럽기만 했어.

어느 날은 그중 한 언니가 나에게 작별 인사라면서, 작은 선물을 주더라고. 열심히 살아서 예쁘다, 언니가 너 예쁘게 보고 있었다면서, 열심히 해서 꼭 원하는 바 이루라는 거야. 나는 어리둥절했어. 이사를 가는 거냐고 물었는데, 언니가 웃으면서 '역이민'을 간다고 하는 거야. 나는 그때 역이민이라는 단어 자체를 처음 들었어. 언니는 한국으로 돌아가서 살려고 정리하는 중이라고, 호주에서는 이제 못 살겠대.

그 언니는 고등학교 때부터 호주에서 산 사람이었어. 한국에서 산 시간보다 호주에서 산 시간이 더 긴. 그런데 호주에 온지 20년이나 된 그 언니가, 한국에 간다는 걸 '집으로 돌아간다'고 표현하는 게 난 너무 놀라웠어. 20년이나 살았는데도 언니에게는 이곳이 집이 아니었다는 뜻이잖아. 나는 이해가 가지 않았어. 나는 그때, 이곳에서 살기 위해서는 무슨 일이든 할 수 있을 정도로 이민에 대한 의지가 강했거든. 하루 종일 어떻게 하면 이곳에 좀 더 남을까, 어떻게 하면 한국에 돌아가지 않을 수 있을까 궁리만 하던 때였단 말이지. 내 기준에서는 당연히 언니의 선택이 너무 이상하게 느껴졌어.

　　언니 왜요? 언니는 여기서 계속 살았는데, 한국 가면
　　일 구하기도 힘들지 않아요? 언니 왜 한국에 가려고 해요?

난 정말 순수하게 궁금했거든. 왜 멜버른의 편안하고 여유로운 삶을 등지고, 치열한 경쟁 사회인 한국으로 뛰어들려고 하는지 말이야. 언니 왜 가냐고, 가지 말라고 계속 그랬어. 그랬더니 언니가 씁쓸하게 웃으면서 말하더라.

한국은 바쁘게 돌아가니까 뭐라도 열심히 하게 되고,
사람 사는 것처럼 사는데 여기서는 계속 도태되기만 해.
한국에 있는 친구들은 매일 발전하고 성장하는 것 같은데
나만 이 자리에서 뭉개고 있는 것 같아.
일도 설렁설렁, 노는 것도 설렁설렁. 이렇게 살면 안 될 것
같아서 이제 돌아가려고. 지금은 무슨 말인지 모르겠지만,
너도 언젠가 내 말이 무슨 뜻인지 알게 될 거야.

그 언니는 한국으로 돌아가서 친언니와 함께 작은 영어학원을 차렸대. 그리고 원하는 대로 치열하고 행복하게 살고 있는 것 같더라. 언니는 그 후로 다신 호주에 돌아오지 않았어. 글쎄, 나는 언니의 말을 이해할 만큼 호주에 오래 살진 않았나봐. 호주에서 좀 더 살아봐야 그 뜻을 헤아릴 수 있을 것 같아.

이번엔 내 또래인 다른 친구 이야기야. 그 친구는 나보다 몇 년 먼

저 와서 영주권을 땄어. 내가 호주에 왔을 때는 영주권을 기다리고 있었고, 날 만나기 일주일 전에 승인을 받은 상태였지. 내 가장 친한 친구의 룸메이트였고, 어느 날 같이 술자리를 하며 소개받았어. 물론 나는 그 친구를 엄청 부러워했지. 처음 만난 자리에서, 사실은 지난주에 영주권이 나왔다고, 어디다 자랑하고 축하받고 싶어서 이야기 꺼낸다면서, 처음 보지만 나 좀 축하해달라고 부끄러워하며 말하던 그 얼굴을 아직도 기억해. 얼굴이 기쁨으로 빛나는 것 같았거든. 진짜 축하한다고, 너는 이제 하고 싶은 거 하면서 살면 되겠다며 부러워했던 기억이 아직도 생생해. 그 친구는 요리로 영주권을 받았지만 요리가 적성에 맞지 않는다며 인테리어를 배워볼 거라고 했어. 그쪽이 요리보다 돈도 많이 벌고, 기술자가 되면 몸도 많이 힘들지 않다면서, 열심히 살아보겠다고 의지를 불태웠어. 영주권을 받은 지 일주일도 채 되지 않았던 때라 많이 들떴던 것 같아. 그 후에 몇 번 더 만났지만 한동안은 보지 못했어. 그 친구가 새 직장과 가까운 곳으로 이사를 가야 했거든. 나랑 직접적인 친분이 있는 사이도 아니었고, 나도 유학을 시작한 후에는 바쁘게 살았으니까 통 보기가 힘들었어. 그렇게 몇 년이 지났을까, 정말 오랜만에 그 친구한테 전화가 왔어. 자기 곧 한국 가는데, 가기 전에 한번 보자며.

그렇게 몇 년 만에 작은 카페에서 친구를 다시 만났어. 살은 쪽 빠진 데다가 얼굴은 시커멓게 타서, 누가 봐도 고생한 걸 알 수 있을 만큼 얼굴이 핼쑥하더라고. 눈빛부터 달라진 것 같았어. 오랜만이야, 좀 잘 먹고 다니지 얼굴이 그게 뭐니, 왜 이렇게 얼굴이 상했니, 하며 인사를 나눴지. 아무튼, 커피를 앞에 두고 당연한 듯 물었어. 한국 갔다가 언제 돌아오냐고, 돌아오면 술 한잔하자고. 그런데 애가 그러는 거야. 자기 완전히 청산하고 한국 돌아가는 거라고, 영주권도 포기할 거라고. 영주권을 땄다며 기쁨에 빛나던 그 얼굴이 떠올랐어. 지금 얘가 뭐라고 하는 거지, 싶더라. 미쳤어, 무슨 헛소리야, 일단 자세히 얘기 좀 해보라고 다그쳤어. 그때서야 속에 담아둔 이야기들을 주섬주섬 꺼내기 시작했어. 한번 털어놓기 시작한 이야기는 봇물처럼 터져 나오더라. 그동안 많이 외롭고 힘들었대. 이야기할 사람도 없었고.

나는 내가 누군지 모르겠어. 호주 사람도 아니고,
한국 사람도 아니야. 여기서는 나는 평생 이방인이야.
아무리 연습해도 영어는 이민자의 영어고, 다들 나를
내려다보는 것 같다고 느끼며 사는 게 끔찍해. 너네는 안 그래?
아무리 호주 애들이랑 어울려보려고 노력하고,
호주 문화를 즐겨보려고 해도 하나도 안 즐거워.

한국에서 친구들이랑 노는 거랑 비교하면 재미가 없어.

계속 맴돌면서 나도 끼워달라고 하는 것 같은 기분에 질렸어.

이도 저도 아닌 이방인처럼 떠돌면서 살다 죽기는 싫어서,

나는 내가 있는 게 자연스러운 곳으로 가려고.

나 같은 아시아 남자가 주류인 곳.

서류상으로만 소속된 곳이 아니라,

마음에서부터 소속감이 느껴지는 곳에서 살아야 하는 것 같아.

너무 심각한 표정으로 정체성에 관해 어려움을 토로하는 그 친구에게, 나는 아무런 말도 할 수 없었어. 그날 내가 설득한 건 단 한 가지야. 영주권을 아예 포기하지는 말라고, 일단 한국에서도 몇 년 살아본 다음에 결정하라고. 그 친구는 퇴로를 아예 막아버려야 한국에서 죽을힘을 다해 자리 잡는다는 생각이었고, 나는 그래도 믿는 구석을 하나라도 더 갖고 있는 게 현명하다고 생각했거든. 다행히 그 친구는 내 조언을 받아들이고, 영주권은 유지하기로 마음먹고 한국으로 떠났어. 그 후, 가뭄에 콩 나듯 그 친구의 소식을 들었어. 마지막으로 들었던 소식은, 호주로 돌아오려고 한다는 이야기였어. 홀어머니까지 모시고 호주로 돌아와서, 작은 가게를 하며 자리 잡고 살 거라고. 우리끼리는 다시 돌아올 거라고 짐작했지만, 생각보다 그 시기가 빨리 온 것 같아.

무슨 마음으로 돌아오는 건지 아직 듣지는 못했어. 내 멋대로 짐작해보자면, 정체성 문제가 한국에서도 똑같이 일어났던 게 아닌가 싶어. 소속감과 정체성에 예민한 그 친구가, 호주 시민권자로서, 머리 검은 외국인으로서 서글펐던 일들이 있지는 않았을까 하는 생각이 들었어. 괜히 속상해지더라. 내 짐작이 제발 틀렸으면 하는 바람이야. 정체성으로 힘들어하던 친구가 고국에서도 똑같은 고통을 겪다가 역이민의 역이민을 오는 거라고 하면 너무 안쓰러울 것 같거든. 호주가 더 돈벌이도 되고, 살다 보니 기회가 더 많을 것 같아서 돌아왔다고 밝게 씩 웃는 모습을 보고 싶어.

이외에도, 부모님이나 본인의 건강 문제로, 혹은 부모님 젊고 건강하실 때 하루라도 옆에 있어야 할 것 같다는 이유로 돌아간 사람들도 많아. 나도 그 이유로 언젠가는 몇 년 한국에 머무르고 싶은 사람이고. 그리고 여기서 쌓은 경력과 영어 덕분에 한국에서 좋은 기회를 잡았다는 지극히 현실적인 이유로 한국행 비행기를 탄 친구들도 있었지. 자녀들이 한글을 쓰지 않고, 호주 사람으로 커가는 걸 보기 싫다며 교육을 위해 돌아가는 경우도 봤어. 나중에 자녀들이 뿌리에 대해 맞닥뜨릴 혼란을 미연에 방지하기 위한 결정이라고 하시더라.

이민 오는 사람들의 사연이 저마다인 것처럼, 역이민을 간 사람들의 사연도 각각이야. 그리고 이민자들만큼이나 애달파. 사실 성인기의 대부분을 보낸 이곳은 제2의 고향이나 마찬가지인데, 그 삶을 정리하고 떠나는 것도 보통 용기가 필요한 일은 아니거든.

그래도 현실적으로 다행인 것은, 역이민자들 대부분은 이민에 올 때처럼 불투명한 미래를 걱정하며 '맨땅에 헤딩'하는 마음으로 돌아가지는 않는다는 거야. 한국에 먹고살 길을 마련하고, 차근차근 정리한 후 들어가는 경우가 대부분이야. 아예 시민권이나 영주권을 포기하는 사람들도 드물고. 만에 하나 고국에서 적응에 실패할 경우를 대비해, 노후가 보장되는 호주로 돌아올 수 있는 안전망은 확보해놓는 사람들이 많지. 애초에 노후 대비용으로 영주권을 따놓는 사람들도 많으니까. 젊은 시절은 활기찬 한국에서 보내고, 노후에는 조용하고 살기 좋은 호주에서 살겠다는 계획으로 말이야.

우리가 아무리 깊게 생각한다 한들 모든 변수를 뚫고, 이민을 후회할지 후회하지 않을지 내다보기는 힘들어. 실제로 수많은 역이민 사례들이 그 사실을 증명하고 있지. 결국 이민이라는 것도 누군가에게는 정답이지만, 누군가에게는 오답인 거야. 이민을 준비할 때에는 진리처럼 보여도, 시간이 지날수록 이게 정답이 맞나, 하며 확신이 줄어드는 경우도 많고. 결혼이나 취업과 다를 바가 없는 것 같아. 이민이라는 건 그저 거주지를 옮기는 행위처럼 보일 수도 있지만, 인생에 장기적으로 영향을 주는 큰 변화야. 되도록 다양한 각도에서, 다양한 관점으로 생각해봤으면 좋겠어.

아마 지금 이민을 생각하고 있다면, 네게는 역이민자들의 사연이 잘 와닿지 않을 거야. 솔직히 나만 해도 아직은 호주 생활에 너무나도 만족하고 있는 중이라, 머리로는 이해해도 가슴으로 이해하기는 힘들거든. 하지만 그 모든 역이민자들도, 이민을 꿈꾸었고 스스로 이민을 결정한 사람들이란 걸 기억해줬음 좋겠어.

이민도 세상 모든 결정들과 마찬가지로
그때는 정답이지만 지금은 오답일 수도 있고,
너에게는 정답이지만 나에게는 오답일 수 있다는 걸 말이야.

#09

그건 이틀 정도 쉬면
낫는 병이야

한국에 가면, 꼭 빼놓지 않고 챙기는 일정이 있어. 이건 나뿐만이 아니라 호주에 사는 모든 한인 이민자들도 마찬가지일 거야. '귀국 병원 투어.' 병원 돌아다니기가 제일 중요한 일정 중 하나야.

웃기는 건, 한국에 있을 때는 병원을 엄청 싫어해서 이러다 죽겠다 싶을 정도가 아니면 안 갔었거든. 주사도 너무 무서웠고, 병원이란 곳 자체가 싫었어. 그런데 호주에 있다 보니 한국 병원이 그렇게 그리운 거야. 빨리 한국 가서 병원 다니고 싶다는 생각이 절로 난다. 힘들게 일해서 몸이 안 좋거나 어디가 아플 때면, 우리 동네 의사 선생님이 그렇게 그리워. 술병으로 징징거리면서 가도 성심성의껏 수액도 놓아주시고, 친절하게 보살펴주시거든. 병원 가서 무서운 주사라도 한 대 맞으면 좋겠다 싶은 생각이 사무치게 들어.

그래서 나는 한국에 가자마자, 부지런히 거의 모든 종류의 병원을 빙빙 돌아다녀. 병원에 가는 일정들만 잘 마쳐도 한국에 다녀온 비행기 표가 아깝지 않다는 생각이 들 정도야. 내과에 가서 내시경을 받고, 안과에 가서 예전에 한 라식 수술이 아직도 제 구실을 하는지 확인하고, 치과 가서 검사와 함께 스케일링도 받고, 요리하면서 틀어진 허리, 무릎에 물리치료도 받고, 심하게 아픈 곳은 침도 맞고 부항도 뜨고, 피곤할 때면 올라오는 아토피 피부염도 확인하고 연고 처방받고, 산부인과 검진도 이왕 온 김에 받고, 알레르기성 비염약도 처방받고……. 끝도 없다니까. 많이 다니면 다닐수록 돈 버는 기분이야. 마치 동남아 여행가서 마사지받는 기분이야. 왜, 돈을 썼는데도 번 기분이 드는 거 있잖아.

호주에 비하면 의료서비스는 어찌나 고급스러우면서도 저렴한지! 나는 한국에 올 때마다 감탄에 또 감탄을 해. 요새는 무슨 병원을 카페같이 해놨더라. 심지어 진짜 카페처럼 음료를 주문받는 곳도 있어서 까무러치게 놀랐어. 그렇게 차까지 얻어 마시고, 주사도 맞고, 상담도 받고, 엑스레이도 찍었는데 보험 처리해서 2만 원도 안 하더라. 소름 돋았지. 호주가 살기 좋은 나라라는 것도 개뿔, 허상이구나. 진짜 살기 좋은 나라는 한국이야. 이런 생각까지 들어.

나는 모태 약골이고, 이것저것 알레르기나 지병이 좀 많은 편이거든. 면역력이 약해서 환경이 바뀌면 바로 몸에서 신호를 보내. 치아도 얼마나 약한지 몰라. 그러면서도 몸 관리에는 굉장히 소홀했어. 만날 술 마시고, 운동은 전혀 안 하고 규칙적인 생활은 딴 세상 이야기고, 자극적인 음식만 골라먹고. 그런데 호주에 살다 보니 변하더라. 나는 지금 죽어라 영양제를 챙겨 먹고, 치간 칫솔까지 써가면서 꼼꼼히 치아를 관리해. 심지어 비루한 몸을 이끌고 가끔 운동도 하고, 식단도 관리하려고 노력해. 술을 못 줄여서 문제기는 하지만. 아무튼 이런 모든 노력의 이유는 단 하나, 이곳에서는 아프면 골치가 아프기 때문이야. 호주 애들이 죽자고 운동하고 몸 관리하는 것도, 여기서는 아프면 골치 아프니까 그러는 게 아닐까 싶어. 여기서 아프면 무슨 일이 생기는지, 직접 겪거나 본 사례를 들어볼게.

씌워놓은 어금니가 하나 깨졌어. 그 안에 충치가 생겨서 치통이 엄청 심했지. 데굴데굴 구르면서 울다가 한국 사람이 운영한다는 치과 한 곳에 전화를 했어. 신경치료가 80만 원, 그리고 그 위에 씌우는 크라운이 또 80만 원이래. 한국인이라 할인해주는 거라고 하더라. 그리고 예약이 가능한 날짜는 일주일 후래. 나는 그날 당장 한국 가는 비행기 표를 끊었고, 유학생활 처음이자 마지막으로 직항 비행기를 탔어. 한국에 가니까 신경치료 비용은 보험 처리돼서 안

내도 된다더라? 크라운 가격만 30만원 냈어. 비행기 왕복 삯을 더 하고도, 한국의 치료비용이 더 저렴했다고 하면 믿어지니?

친한 동생 소피가 계속 속이 안 좋다며 위 내시경 검사를 한 번 받고 싶어 했어. 호주의 의료 시스템은 꽤 복잡해. 어떤 분야의 전문의를 만나는 게 상당히 까다로워. 일단은 GP general practitioner (지역 보건의)를 거쳐서 상담이나 치료를 받은 후, GP의 생각에 전문의를 만나야 할 것 같으면 소견서를 써서 전문의와 연결을 해주는 거야. 갖가지 검진들도 그렇게 해야 받을 수 있어. 그래서 소피는 내시경을 받기 위해서 일단 GP를 만나 소견서를 받아야 했지. 상담비로 100불 가까이 내고, 내시경 센터에 예약할 수 있는 소견서를 받고 나서야 예약하는 거야. 그리고 예약금으로 몇 백 불을 지불하고 며칠씩 기다리고 나서야 내시경 검사를 받을 수 있었어.

그런데 나는 이번에 한국에 간 김에 내시경 검사를 했거든. 너 술자주 먹으니까, 온 김에 위 내시경 검사나 받으라고 친구가 권하길래. 그래서 바로 전화로 예약 문의를 했더니, 다음 날 아침에 오라더라. 일반 내시경 2만 5,000원, 수면은 4만 원이래. 간호사님이 가격을 안내하면서 말씀하시기를, "보험 처리할 수 있는 기준 나이가 아직 안 되셔서 비용이 좀 나가네요……." 나는 내 귀를 의심했어.

호주에 온 지 얼마 안됐을 때의 일이야. 내가 일하던 초밥집 사장이 오토바이 사고가 났어. 그것도 오밤중에. 나는 다른 알바가 끝나고 집에 가던 길에 우연히 그 사고 수습 현장을 목격했지. 이미 환자는 실려 가고, 오토바이가 견인되고 있는 중에 내가 그 앞을 지나가게 된 거야. 오토바이가 너무 낯이 익어서 경찰에게 물어보니까, 한국 남자가 사고가 당했고 방금 응급실로 실려 갔다고 하더라. 목격자 말로는 택시가 그대로 받아서 오토바이는 박살이 났고, 피해자는 거의 의식이 오락가락한 상태였다는 거야. 깜짝 놀라서 바로 사장이 있다는 응급실로 향했어. 아무도 이 사건을 모르는데 큰일이라도 날까 봐, 겁이 나서 뭐라도 해야겠다 싶더라고. 응급실에서 목에 깁스를 하고 누워 있던 사장이, 너 어떻게 알고 왔냐면서 놀라더라. 다행히 생각보다 많이 안 다쳤더라고. 그리고 가족들도 도착했어. 진짜 큰일 난 줄 알았는데, 한숨 돌렸지.

사실 충격으로 정신을 놓았다가, 정신 차리려고 담배를 한 대 피우고 병원에 가거나 가족을 부르려고 했대. 그런데 누가 신고했는지, 구급차가 오더니 말할 새도 없이 번쩍 싣고는 응급실로 가더라는 거야. 괜찮다고 하는데도 움직이면 안 된다고, 가만히 있으라고 해서 그냥 간 거지. 사장이 그러더라.

그 구급차 이용료 얼마 나왔게? 10분 운전해서 병원 데려다주고 100만 원. 넌 기어서라도 택시 타라.

다행히도 사장은 보험에 가입한 상태였어. 하지만 그 사건은 우리에게 깊은 가르침을 주었지. 설령 교통사고가 나더라도, 몸을 움직일 수만 있다면 기어서라도 반드시 택시를 타야 한다는 호주 생활의 교훈을.

그리고 벌써 5년이 지난 일인데, 내 막냇동생이 워홀을 와서 주방에서 알바를 할 때였어. 어느 날 양파를 까다가 칼끝이 손바닥에 꽂혔다고, 너무 아프다며 병원에 같이 가달라고 전화가 온 거야. 그날은 공교롭게도 일요일이었어. 일반 의원들은 다 문을 닫아서 응급실밖엔 갈 곳이 없었지. 멜버른에서 갈 수 있는 응급실은 대형공립병원인 로열멜버른과 세인트빈센트 두 군데야. '메디케어medicare'라는 보험 혜택이 적용되는 의료 서비스는 공립병원뿐이거든. 그래서 이 두 병원은 언제나 대기자가 어마어마하게 많아. 그래서 여유 있는 사람들 중에는 그냥 개인 사보험을 들고 사립병원에 가는 사람들도 많지. 왜 그런지는 국립병원에 한번만 가보면 답이 나와. 주말에 가서 대기하고 있는 사람들을 보자면, 국립병원에서 자기 차례기다리다가 맹장 터져서 죽었다는 이야기가 헛소문은 아니겠구나,

싶다니까. 아무튼 동생과 나도 기다렸어. 한 시간 정도 후에 진료를 받게 되었는데, 이 정도면 운이 좋은 편이야. 직장동료 중에 엄지손가락이 반쯤 잘려서 덜렁덜렁한 상태인데도 네 시간을 기다린 애도 봤거든.

진료실로 들어가니까 수술복 바지를 엉덩이 반쯤에 걸쳐 입은 힙스터 의사가 들어오더라. 건들건들, "What's up?" 하면서. 흘끗 보더니, 이게 좁고 깊게 들어간 거라 꿰매는 건 의미가 없대. 어차피 많이 움직이는 부위라 못 꿰맨다고 하면서 의료용 풀을 쓰는 게 나을 것 같다더라. 소독 솜으로 손바닥을 한번 스윽 문지르더니 풀을 똑똑, 두 방울 떨어뜨리고 끝이래. 반창고 하나 붙여주더라. "That's it. You will be fine, mate, later." 그 의사는 이마에 두 손가락을 붙였다 떼며, 쿨내 진동하며 퇴장했어. 그리고 그날 청구액은 40만 원이었어. 주말이고 무려 응급실이었으니까 말이야.

비슷한 일이 또 있었는데, 친한 동생 다나가 장염에 몸살까지 겹쳐서 또 세인트빈센트 응급실에 갔던 날이야. 접수해주는 간호사가 "Hi, darling" 하며 어디가 아프냐고 물었어. 다나는 몸살감기가 심하고, 장염이 너무 심해서 힘들다고 대답했지. 간호사가 묻더라, 너 장염 처음 아니지 않냐고. 그렇다고 하니까, 보통 며칠이면 나았느냐고 되묻는 거야. 다나가 2~3일 정도면 나아진다고 대답했어. 그 간호사는 짧은 한숨을 쉬고, 우리를 측은하게 바라보며 말을 이어 갔어.

그래, 맞아. 이건 이틀 정도 쉬면 낫는 병이야.
네가 저 문을 열고 들어가서 의사를 만나도
의사는 네게 약 먹고, 물 많이 먹고 이틀 쉬라고 말하겠지.
그리고 네 주머니에서는 40만 원이 나갈 거야.
파나돌(호주의 진통제) 먹고 쉬는 게 낫지 않겠어?
물론 네가 원하면 진료를 받을 수는 있지만.
글쎄, 나라면 파나돌을 먹겠어.

그래서 우리는 다시 다나를 데리고 돌아왔어. 집에서 죽을 쑤어 먹이고, 잠을 재웠지. 호주에서는 장염이나 감기로 링거를 놔주거나, 주사를 놔주지 않는다는 걸 깜빡한 거지. 웬만큼 중병 아니고서야 '파나돌 먹고 물 많이 마시고 푹 쉬어라'가 모든 환자에게 처방된다는 사실을 다시금 깨달았어. 다행히 다나는 그렇게 40만 원을 살뜰히 아끼긴 했어. 이틀 지나니까 멀쩡해지기는 하더라.

이런 비슷한 이야기는 100개도 넘게 들려줄 수 있어. 다래끼가 심하게 났을 때, 피부에 오돌토돌 알 수 없는 게 생겼을 때, 요리하다가 베었을 때 등등, 죽을 것 같진 않지만 일상생활이 불편하고 몸이 힘든 증상들이 있잖아. 한국이었다면 병원에서 주사 맞고, 진찰받으며 금방 해결했을 텐데, 호주에서는 그럴 수가 없어. 병원 가도 시원한 처방을 내려주지 않고 비싸기만 하니 점점 병원에는 안 가게 되더라.

내가 만났던 GP 중에는 전문 분야에 대한 지식이 별로 없는 사람들도 많았어. 두드러기가 났을 때 보여주니 내 앞에서 "이거 같은데? 아니, 이건가?" 하며 열심히 구글 검색으로 병명을 찾는 사람도 있었다니까. 대충 비슷한 사진을 찾고 "내 생각에 네 병은 이거인 것 같아"라고 하는데, 어찌나 기가 막히던지. 그래서 어떻게 해야 하냐고 물었더니 그 사진 밑에 딸려 있는 치료법을 인쇄해주는 거야. 그 의사가 너무 당당해서 내가 민망할 지경이었어. 이렇게 수십 불을 강탈당하고 나면 헛웃음만 나오지. 뭐, 내가 좋아서 여기와 있는데 누구를 원망하겠어. 그저 웬만하면 호주에선 아프지 말자, 다짐하고 열심히 몸을 관리할 뿐이야.

만약 학생 비자거나 취업 비자라면 의무로 들어야 하는 사보험이 있을 거야. 호주에서 보험은 '진짜 아플 때'에는 진가를 발휘해. 입원이나 수술, 출산 같은 건 많이들 지원해주거든. 하지만 자잘하게 아플 때는, 글쎄. 일단 병원에서 돈 내고 이용할 만한 서비스를 제공해주는 것도 아니고, 시간도 오래 걸리니 병원을 멀리하게 되는 것 같아. 한국처럼 병원에서 잔병치레를 관리할 수 있는 곳이 아니라는 거야. 호주 애들은 감기, 장염, 배탈, 비염, 그런 병은 그냥 쉬거나 약을 먹지, 병원에 가지 않아. 병원에서도 웬만큼 심하지 않으면 집에서 푹 쉬고 물 많이 먹으라는 말만 해주지. 그놈의 파나돌이랑 물 마시는 건 어찌나 좋아하는지…….

다행히 나는 호주에 온 후 감당하지 못할 만큼 크게 아픈 적은 없었어. 이제는 병원이나 항생제의 힘을 빌리지 않고도 자잘한 병은 그럭저럭 다스리게 된 것 같아. 오히려 면역력이 좀 강해진 것 같기도 하고.

호주도 선진국이고, 시스템 자체가 한국보다 복잡해서 그렇지 아픈 사람이 치료를 못 받는 경우는 거의 없어. 사실 영주권자들은 메디케어를 이용해 꽤 많은 의료 혜택을 누릴 수 있고, 의료 수준이 결코 낮다고는 할 수 없다는 의견도 많아. 한국처럼 과잉 처방을 하지 않고 꼭 필요한 약물만 처방하는 점, 자연 치유와 면역 체계 개선에 중점을 두는 점 등 호주 의료 체계에서 본받을 점도 많지. 그래서 의료서비스 때문에 호주 생활을 겁내야 할 정도는 아니야. 다만 한국의 의료서비스를 마음껏 이용하다가 호주에 오면 굉장히 불편하고, 사람에 따라서 힘들 수도 있어. 네가 만약 나처럼 잔병치레가 잦고, 늘 골골대는 스타일이라면 조금 더 신중하게 호주 이민을 생각했으면 좋겠어. 일단은 몸이 건강하고 마음이 편해야 호주 생활을 즐기든지, 말든지 할 것 아니겠어?

건강하게 살 수 있는 환경이 행복의 첫 조건이니까,
이민 오기 전에 미리 생각해보고, 준비해왔으면 좋겠어.

10

서른
언저리의 이민

혹시 네가 서른 언저리의 내 또래라면, 한국에 힘들게 쌓아놓은 것이 있는 나이라면, 어마어마한 학비와 시간을 들여 학교를 졸업하고, 직장생활에도 익숙해졌다면……. 하지만 그럼에도 불구하고, 지금 이민을 진지하게 생각하고 있다면.

너는 정말 외롭고 걱정스러울 거야. 네 맘을 진심으로 이해할 수 있는 사람은 세상에 없다고 느껴질지도 몰라. 아무것도 모를 때 워홀이나 갈까, 하고 왔다가 돌아가기 싫다, 조금만 더 있어보자 하는 식으로 얼렁뚱땅 이민 온 나 같은 사람과는 비교도 되지 않을 만큼 많이 갈등하고 있겠지. 지루할 정도로 긴 고민의 시간을 거치고 있을 거라고 생각해.

나는 한국에 엄청 친한 친구들은 몇 명 없지만, 국토대장정이나 다양한 알바를 하면서 많은 사람들을 만났어. 그리고 얼떨결에 꽤 많은 사람들에게 이민에 대한 고민을 상담해줬어. 덕분에 다양한 직업을 가진, 이민을 생각하는 20~30대들의 이야기를 많이 접할 수 있었어. 그러면서 나도 나만의 이민이 아니라, 나와 비슷한 나이를 가진 사람들의 이민 전체에 대해 생각이 많아지더라. 듣다 보니 많이 궁금해지고, 많이 공감하게 됐어. 그런 사람들의 이야기를 해볼까 해.

다 버리고 새 판을 다시 짜기는 어정쩡하고,
그렇다고 지금 하던 대로 쭉 살아가고 싶지는 않은.
서른 언저리 어디쯤, 너이기도, 나이기도 한 우리의 이야기야.

옛날과 비교해보면, 사람들이 이민을 대하는 태도는 참 많이 달라졌어. 지금처럼 많은 사람들이 이민을 긍정적으로 생각했던 적이 있었나 싶어. 내가 떠나기 전만 해도, 한국이 싫어서 이민을 간다고 하는 말은 듣는 사람들을 불편하게 했거든. 나를 이 세상에 있게 한 이 조국이, 자랑스러운 나라 대한민국이 싫다니? 건방지고 재수 없고 유별나다는 소리를 들을 법한 소리였지. 나라가 있으니까 네가 있는 거란 이야기를 수도 없이 들었어.

8년 전만 해도 퇴사나 이직이란 말은 금기어에 가까웠는걸. 모두들 머릿속으로 생각은 하지만, 대놓고 나 퇴사할 거다, 이직할 거다 말하는 건 힘들었지. 요새는 다르더라. 서른 언저리의 세대들이 사회 초년생을 겨우 벗어나는 지금은, 내 행복을 위해 적극적으로 내 거취를 찾아보는 일, 이를테면 퇴사, 이직, 해외취업 같은 것들에 대해 훨씬 개방적인 것 같아.

그렇지만 이민 자체에 대해서는 아직도 조금 조심스럽잖아. 아무리 이민이 불안한 한국 사회에서 벗어날 수 있는 돌파구처럼 여겨지더라도, 긍정적으로 받아들여지더라도, 아직 사람들은 가까운 이의 이민에 대해서는 매우 조심스러워. 내 형제자매가, 내 연인이, 내 딸, 아들이 이민을 간다고 할 때 그래, 잘 생각했다고 격려해주는 사람들은 생각보다 많지 않더라. 게다가 무엇이든 시도해볼 수 있는 20대 초반 청춘도 아니고, 힘들게 졸업해서 취업이라는 바늘 귀를 뚫고 자리 잡은 내 또래의 친구들이 이민을 간다고 했을 때 부모님들이 반기셨다는 소리는 거의 들어본 적이 없어.

힘들어도 조금만 버텨라, 다들 그러고 산다.
아무리 좋아 보여도 내 나라만한 곳은 없다.
돈 조금만 있으면 한국이 제일 살기 좋은 나라다.

직장에서 더 자리 잡고 돈 좀 모으면 괜찮을 거다.

미친놈 취급받으며 부모님께 실컷 한 소리를 듣고 난 날이면, 친구들은 나에게 푸념하며 자꾸 시곗바늘을 돌리곤 해. 그때 너 워홀 간다고 할 때 따라갈 걸, 여기서 취업하지 말고 해외 취업 알아볼 걸, 과거로 과거로, 하나마나한 소리만 하는 거야. 너무 답답하니까.

그래도 직업이 이민에 도움이 되는 경우라면 그나마 나아. 토목, 건축, 디자인, 요리 같은 직종에 종사하고 있으면 행운이지. 경력 따로 쌓을 것 없이, 지금 밥벌이하는 지식과 기술을 써먹을 수 있으니 얼마나 좋아. 하지만 이민과 전혀 상관없는 전공과 직업을 가지고 있는 대다수의 친구들은 고민스러울 수밖에 없어. 한국에서는 나를 당당한 사회인으로 만들어주지만 이민 가면 아무짝에도 쓸모없을 경력과 직업. 그리고 그걸 얻기 위해 투자했던 너무나 많은 시간과 돈. 그걸 어떻게 쉽게 버릴 수 있겠어. 한때는 그게 꿈인 줄 알고 살았던 시절도 있었을 텐데. 사회의 구성원으로서 인정받았다는 징표인 명함, 나를 사회라는 지도 위에 올려놓는 지표들. 그걸 버리고 아예 다른 곳에서 밑바닥부터 시작한다는 건 말로 할 수 없을 만큼 두려운 일일 거야. 내가 요리사, 레스토랑 오너로서의 날 포기하는 건 상상할 수 없는 것처럼, 그들도 마찬가지겠지.

나에게 이민에 대한 고민을 털어놓은 50명이 넘는 지인들 중, 이민이라는 큰일을 마침내 감행한 사람은 다섯 명 정도였어. 그중 한 명은 시도를 해봤다는 것에 의의를 두고, 아무 일도 없었다는 듯 제자리로 돌아갔지. 서른 언저리의 이민은, 결코 쉽게 시도해볼 수 있는 일은 아니야.

이민을 할까 말까, 해야 돼, 말아야 돼. 내게 묻는다기보다 사실 스스로에게 묻는 것이었을 그 질문들에, 난 어떤 식으로든 확답을 할 순 없었어. 취업하지 않은 20대 동생들에게 "이왕 취업할 거, 먼저 해외 취업 할 수 있을지 알아봐"라고 조언할 순 있어도, 어엿한 직장인인 30대의 친구들에게 이민 오라고 들쑤실 수는 없는 일이더라고. 얼마나 고생해서 그 치열한 한국에서 자리 잡았는지 뻔히 아니까, 섣불리 훈수를 둘 수는 없는 거야.

다만 내가 해줄 수 있는 이야기들은, 지금이 늦은 건지 아닌 건지는 결코 알 수 없다는 거, 너무 늦었다고만 생각하지는 말라는 뻔한 이야기야. 30대인 우리가 술자리에서 찌질하게 하는 말들 있잖아, 술자리 단골 소재들. 그땐, 그땐 그랬었는데. 이렇게 적성에 안 맞는 줄 알았으면 전과할 걸, 그때 재수해서 가고 싶은 대학, 학과에 갈 걸, 빨리 자격증 준비할 걸, 이직할 걸……

그때 했다면, 설사 실패했더라도 바로잡을 수 있었을 텐데.

그때 내가 조금만 더 용기를 냈더라면.

그때의 내가, 그때 말이야, 그때는 늦지 않았었는데.

40대가 된 친구가 다시 또 이런 이야기를 반복할까 봐 걱정스러워. 그때, 서른 몇 살 때 내가 이민 가고 싶어 했을 때 있잖아, 그때 갔어야 했어, 그때는 지금에 비하면 훨씬 자유로웠는데, 그때는 새로 시작하기에 그렇게 늦은 나이가 아니었는데……. 그렇게 씁쓸하게 웃을 누군가를 상상하면 마음이 좀 아려. 살면서 후회를 하지 않을 순 없는 거지만, 우리는 최대한 후회 없이 살려고 노력해야 하는 거잖아.

내가 해줄 수 있는 다른 이야기는, 사람마다 잘 맞는 시기가 있더라는 거야. 일찍 온다고 무조건 유리한 건 아니란 뜻이지. 나는 스물여섯 살에 호주에 왔어. 이민을 생각하고 나서는 아예 스무 살 때, 아니면 고등학생 때 왔으면 좋았겠다고 후회했지만, 그건 어리석은 생각이더라. 나는 나에게 맞는 시기에 이민을 잘 왔기 때문에 여기까지 오게 된 거야. 두어 살만 더 어린 나이에 왔더라면 아마 요리를 그렇게 진지하게 받아들이지 않았을 거고, 노는 것과 게으름 피우는 걸 그렇게 좋아하던 내가 성실하게 일하고, 돈을 모으진 못했을 거야. 자유로운 해외생활에 취해서 매일 노는 데 정신 팔려 제대로 갈피를 잡지 못했겠지. 아직 어리니까. 스물다섯, 여섯이면, 일곱이면 아직은 한참 놀아도 될 나이라고 합리화하면서 말이야.

아무래도 20대 때 오면 정확히 무얼 원하는지 몰라서 시행착오도 많이 겪고, 허투루 시간을 흘려보내기도 해. 하지만 30대가 돼서 온 친구들은 그런 고민의 과정을 건너뛰고 수월하게 원하는 길을 걷는 경우가 대부분이더라. 사람 인연도 언제 만나느냐에 따라 잘 풀리기도 하고, 잘 안 풀리기도 하잖아. 어릴 때 만난 연인에겐 배려 없이 내 의사만 밀고 나가다가 결국 안 좋게 헤어지기도 하고. 성숙한 마음으로 준비가 다 되었을 때 하는 이민이, 패기로 부딪치는 이민보다 더 쉽고, 수월하고, 만족스러운 결과를 만들어내는 경우도 정말 많아. 이민 후 적응하는 과정도 30대에 온 사람들은 달라. 자기 성향을 잘 파악하고 있는 나이라서인지, 원하는 삶을 만들어나가는 속도가 정말 빠르더라. 시행착오를 이미 몇 번 겪고 난 나이니 작은 실패에는 타격도 잘 받지 않고 말이야. 훨씬 단단하게 뿌리내릴 수 있어.

내 친구들의 가장 큰 걱정은 무엇보다, 이거였어.
네 가장 큰 걱정도 이거 아닐까. 일단 한번 넘겨짚어 보는 거.

만약 안 되면? 만약 이민에 실패하거나, 생각했던 것과 다르거나, 적응을 못해서 돌아가야 하는 상황이 오면 그때는 어떻게 해야 하지. 힘들게 모아놓은 돈도 꽤나 써야 할 테고, 몇 년을 허비하고 나면 한국에 돌아가 다시 시작하기에는 힘든 나이일 텐데, 만약 실패하면 그때는 어쩌지. 무엇보다도 이런 생각이 너를 가로막을 거야. 이민을 고민하던 내 친구들을 철벽같이 가로막았던 것처럼.

한번 그런 생각을 하기 시작한 친구에게는 내 어떤 말도 위로가 되지 않아. 나도 사실 확신 없는 말투로 괜찮을 거란 말만 반복하는 것 외엔 할 수 있는 것도 없어. 현실은 현실이니까. 한국이 나이에 얼마나 얽매어 있는 사회인지 나는 누구보다 잘 알잖아. 제 발로 이탈했다가 돌아온 사람을 은근슬쩍 다시 궤도에 끼워 넣어줄 만큼 너그럽지 않은 곳인 걸 나도 잘 아니까.

그래도 하나 말할 수 있는 건, 내가 지금까지 본 사람들은 호주에서 이민을 준비하다 실패해 한국으로 돌아간 경우에도 생각보다 훨씬 잘 지내고 있다는 거야. 저 무서운 예상처럼 한국 사회에도 적응하지 못하고, 먹고살 길이 막막해진 경우는 거의 없어. 이곳에서 배운 영어와 넓어진 시야 덕에, 한국에서 금방 자리 잡고 잘 살더라고. 이민을 생각하고 왔다가 정말 실패하고 돌아간 사람들이 생각보다 많지도 않기도 하고. 돌아간 고국에서도 전보다 씩씩하고 단단해진 모습으로, 떠나기 전보다 훨씬 삶에 만족하며 사는 경우가 많아.

근본적인 행복에 대해 진지하게 고민해보고 무엇이든 도전을 해본 사람과 아닌 사람은, 확실히 다른 것 같더라.

어쨌든 그 사람들은 생각만 하는 게 아니라 행동하는 거잖아. 행동하는 사람은 일단 움직이고 도전하니까, 그것부터 달라.

이민도 실패하고, 돌아가서도 다 실패해 폐인처럼 사는 사람은 아직 한 번도 보지 못했어. 사람은 생각보다 강한 존재야. 그러니까 실패하면 어쩌지, 하며 망설이는 건 아주 조금만 했으면 좋겠어. 모든 일이 네 맘대로 되기는 힘들지만, 일단 도전하기로 맘먹었다면 너를 움츠리게 하는 생각은 떨쳐내는 게 좋아. 널 움츠리게 하는 것들은 네 생각 말고도 넘치도록 많을 테니까. 안 그래도 장애물이 많은 상황인데, 네 생각까지 장애물이 되도록 놔둘 필요는 없어. 그렇다면 정말 시작하기 힘들지도 모르니까.

서른, 정말 쉽지 않은 나이야. 이제야 인생 좀 알 것 같고, 내 역량과 성향도 어느 정도 파악되는 나이. 열심히 지금 자리까지 오긴 했는데, 앞으로 계속 이 길을 쭉 가야 할지, 지금이라도 방향을 틀어야 할지 고민되는 나이지. 그리고 여태까지 짜온 판을 엎고 새 판을 짤 수 있을 마지막 기회일 것도 같은 그런 나이 말이야.

나도 사실 이민까지는 어떻게 왔는데, 앞으로는 어떻게 살아야 하는지 매일 고민이야. 자영업은 수입도 널뛰기잖아. 내 감각도 살아 있고, 체력도 받쳐줄 때까지만 하려면 그게 언제까지일까, 어떻게 해야 즐겁게 잘 마무리할 수 있을까. 언젠가는 다른 커리어를 찾아야 하는 날이 올 텐데, 어떤 식으로 그걸 준비해야 할지 감조차 안 와. 비교적 나이에 구애받지 않고, 이직이나 새로운 커리어를 쌓는 게 쉬운 나라이긴 하지만, 그래도 고민되는 건 어쩔 수 없어.

나이에 얽매이지 않겠다고 하는 생각조차 이미 나이에 구애받고 있다는 증거겠지. 10대 때는 10대의 인생이 진짜인 것 같고, 나이 먹으면 안 될 것 같잖아. 20대 때는 서른 넘어가면 큰일 날 것 같기도 하고. 그런데 서른이 넘어 보니, 이것도 그럭저럭 재미있더라. 다른 매력이 있어. 나는 이전과 많이 변하지 않았고, 그렇다고 엄청 똑똑해지거나 현명해진 것도 아니지만 좀 더 다양한 각도에서 세상을 볼 수 있게 된 것 같아. 그래서 40대가 되면 사는 게 재미없어질 것 같다는 생각도 예전처럼 자주는 안 들어. 그때는 그때의 내가 느낄 수 있는 다른 재미가 있겠지. 우리, 생각보다 오래 남았잖아. 진짜로 살아내야 할 날들이. 싫든 좋든 사십 몇, 오십 몇 하는 날들이 올 거야.

그때의 우리가 지금의 우리에게 "그때 그 선택을 해줘서 고마워"라고 말할 수 있게 하려면, 지금 우리는 어떤 선택을 해야 하는 걸까. 그때가 오기 전에는 결코 알 수 없겠지.

11

영주권이라는
달콤한 허상

영주권을 획득하는 방법은 아주 다양해. 가장 흔하게 볼 수 있는 사례는 자기의 기술이나 고용인의 후원으로 받는 경우, 그리고 호주 시민권자나 영주권자와 결혼해 받는 경우야. 그 외에도 수많은 형태가 있지만, 가장 일반적인 이민의 형태는 저 두 가지야. 결혼 이민은 워낙 단순하니까, 설명할 필요도 없지. 그런데 간혹 저 결혼 영주권을 사고파는 사람들도 있어. 교민 사이트에 가끔 "젊은 여성이나 남성분들, 고생하지 않고 영주권 따고 싶으신 분들 연락 주세요"라는 글이 올라오거든. 고생해서 영주권 따는 건 바보짓이라며 나한테 멀쩡하게 생겨서 왜 스스로를 혹사하냐고 묻는 사람도 있더라. 세상에는 참 다양한 사람들이 사는 것 같아.

보통 평범한 청년들이 선택하는 방법은 기술 이민이야. '이민'이라는 개념은 어떻게 보면 굉장히 단순하거든. 이러니저러니 복잡하게 만들어놨지만, 호주 정부가 원하는 건 결국 젊고 기술을 갖춘 경제 인구를 유입해 사회를 활성화시키는 거지. 근데 문제는, 그 기술이나 능력이라는 건 객관적으로 판단하기가 힘들어. 결국 대기업 입사나 다름없는 거야. 호주 정부가 원하는 기대치에 맞춰 내가 얼마나 스펙을 잘 준비했고 그것을 어떻게 서류로 보여줬는가가 이민의 성공 기준이 되지.

예를 들어 A는 최고의 셰프야. 세계 각국에서 요리를 배웠고, 많은 경력을 쌓아 최고의 레스토랑에서 근무 중이야. 반면 B는 전혀 이름이 알려지지 않은 곳에서 특별한 기술이 필요하지 않은 단순한 요리를 해. 하지만 서류상으로는 이 두 명에게 거의 차이가 없어. 두 명 모두 요리 학위가 있고 두 명 모두 정식으로 등록된 요식업체에서 정식 직원으로서 경력을 쌓았기 때문이야.

내가 김밥천국에서 일을 했건, 미슐랭 레스토랑에서 일을 했건 서류상으로 다른 점은 거의 없어. 매출과 규모 등등 사업장의 조건만 정해진 기준에 맞는다면. 호주 정부가 정해놓은 기준에 얼마나 근접했는지, 그리고 그것을 서류로 얼마나 잘 보여줄 수 있는지, 중요한 건 이거야.

그리고 내가 아무리 준비를 철저하게 했어도 그건 내 사정일 뿐, 나 같은 을이 아무리 기를 쓰고, 갑아, 내가 죽자고 네가 원하는 걸 준비했다 한들 갑의 마음이 변하면 그게 무슨 의미가 있겠어. 호주의 경기에 따라, 혹은 특정 직업군의 수요에 따라 이민의 문턱은 높아 졌다, 낮아졌다 하거든. 입시나 취업과 이민은 그런 면에서 매우 비슷해. 이 회사나 학교, 분야에 얼마나 수요가 있는지 등 타이밍과 운에 의해 좌우되는 일이 많다는 점에서 말이야. 수십 년 전에는 유학 후 졸업만 하면 경력, 영어 상관없이 영주권을 마구 뿌려대던 시절도 있었어. 좋은 시절이었지. 그런데 그때는 한국에서도 대학만 졸업하면 괜찮은 직장에 무리 없이 들어가던 시대였어. 굳이 호주에 남을 필요가 없었지.

요새도 가끔 별 특별한 준비도 안 했는데, 운 좋게 특정 분야의 문이 열려서 생각지도 못하게 쉽게 이민 오는 경우도 있어. 반면 아무리 철저하게 준비해도 급변하는 이민법과 높아지는 문턱으로 몇 년씩 고생하는 경우도 흔하지. 우연히 파도에 휩쓸려서 좋은 곳으로 가기도 하고, 망망대해를 그냥 기약 없이 둥둥 떠다니기만 하면서 시간을 허비하기도 하는 거야. 나는 상황의 변화로 인해 나빠졌던 적도, 좋아졌던 적도 있었어. 워홀을 제외하고 이민을 마음먹은 순간부터 7년 만에 영주권 신청을 했으니, 여기서 기술을 배워서 시작한 사람들 기준으로 특별히 빠르거나 느리지도 않고.

이민을 준비한다는 건 또 어떤 면에서는 공무원 시험과 비슷해. 3, 4년이 넘어가면 외나무다리 중간에 선 것처럼 오도 가도 못하게 된다는 점에서 말이야. 포기하는 순간 한국 가서 취업하기도 힘든 나이가 되어버리고, 빈손으로 돌아갈 수는 없으니 울며 겨자 먹기로 계속 이민에 도전할 수밖에 없거든. 그때부터 이민은 내가 원해서라기보다는, 이 길밖에 없으니 지푸라기 잡는 심정으로 도전하는 게 돼. 회의감이 들 수밖에 없어. 이 관문을 내가 원해서 넘는 걸까? 모든 걸 희생해서 이민이라는 관문을 통과하는 게 정말 그만한 가치가 있는 걸까? 그런 생각이 자꾸만 들어.

결국 이민도 취업, 입시, 결혼과 다를 것 없는 길 중 하나일 뿐이라는 거야. 내가 얼마나 준비하는지도 중요하지만 타이밍이나 운도 아주 중요한 요소야. 내 노력 여하에 상관없이 성공할 수도 있고 실패할 수도 있어.

또 하나 비슷한 점은, 그 관문 하나만 통과하면 행복해질 것 같지만 그건 아니라는 거야. 이민도 인생의 굽이굽이 길 중 하나의 새로운 길목일 뿐, 그걸 넘는다고 행복이 보장되진 않아. 한숨 돌리고 그다음 관문으로 다가가는 거지. 간혹 가다 목표는 일단 영주권이라고, 어떻게든 영주권을 따고 그다음은 나중에 생각하겠다는 후배들을 만나거든. 그때마다 내가 해주는 말은, 영주권보다 그 후 어떻게 호주 생활을 할지가 더 중요하다는 거야. 아무 기술이나 경력도 없이 영주권만 어떻게든 서류 만들어서 따고 나면, 호주에서 제대로 사회구성원 역할을 하는 건 힘들어지기 마련이거든.

우리가 궁극적으로 바라는 건 행복하고 균형 있는 삶이잖아. 영주권은 그저 수단일 뿐, 목표가 되어서는 안 돼.

내 지인들 중에는 요식업에 관심이 없는데도 그저 요리사가 영주권을 딸 수 있는 직종이라서 학위를 따고, 대충 경력을 채워 영주권을 딴 케이스가 몇 있었어. 요리로는 영주권만 따고 그 후엔 다른 일을 할 거라고, 영주권만 따면 뭐든 할 수 있을 거라 생각하더라고. 하지만 그렇게 영주권을 따도 결국 허무한 거지. 바뀐 건 없고. 가진 거라곤 그렇게도 하기 싫은 요리 학위와 어디 가서 내놓기도 부끄러운 경력, 한국 사람들과만 어울린 탓에 전혀 늘지 않은 영어 실력. 이런 친구들 중 원하던 대로 행복한 이민 생활을 하는 사람은 거의 없었어.

선택은 자유지만, 사실 이런 사람들 때문에 나 같은 실제 기술 이민자들이 피해를 보기도 해. 몇 년 전 요리로 영주권을 딴 사람들 중 80퍼센트 이상이 영주권만 딴 후 직종을 바꾼다는 이유로 호주 정부에서 요리를 영주권 직종에서 제외해버린 사례가 있었거든. 나도 크게 피해를 봤지. 나는 거기에 해당되지 않지만, 그러면 뭐해. 나는 아니라고, 요리를 계속 할 거라고 해도 증명할 방법이 없잖아. 몇 년을 버릴 수밖에 없었어. 비단 요리뿐 아니라 다른 직업군에서도 이런 일들은 빈번해.

영주권도 어쩌면 종이쪼가리에 불과할 수도 있어. 준비가 된 사람에게 영주권은 놀이동산 자유이용권처럼, 내 앞에 펼쳐진 새로운 세상을 마음껏 누릴 수 있게 해주는 날개가 되겠지. 하지만 아무것도 없는 상태에서의 영주권은 그저 나를 물리적으로 이곳에 있게 해주는 종이쪼가리에 지나지 않아.

이민 자체보다는, 이민을 통해 내가 추구하는 삶을 찾는 게 중요해. 대학 자체보다는, 이 대학이 나를 데려가줄 그다음의 세상이 더 중요한 것처럼 말이야. 대학만 들어가면 다 이뤄지겠거니 흥청망청 4년을 보내고 나면 앞길이 막막해지는 것과 비슷한 이치지.

네가 그리는 이민이란 어떤 모습일까.

네가 생각하는 외국에서의 삶은 어떤 모습일지 궁금해.

네가 이민이라는 문을 열 수 있을까, 아닐까보다는,

그 문을 열고 들어가서 어떤 모습으로 살게 될지가

나는 훨씬 더 궁금해.

3장

청명한
멜버른의
어느 멋진 날

#01

아무 날도 아닌 그날이
내겐 너무 특별해서

나라고 해서 워홀 오자마자 뿅 맞은 듯 반해서 여기서 살아야겠다
고 생각했던 것은 아니야. 호주가 살기 좋다고는 하는데, 그것도 자
국민 기준이지, 나 같은 외국인들한테 살기 좋은지는 또 다른 문제
잖아. 그래, 한국보다 자연 환경이 좋은 건 알겠는데, 그것 말고 눈
에 띄는 특징은 보이지 않았어.

어쩌면 이민이라는 게 너무 거창하게 들려서 사실 마음먹고 달려들
엄두조차 안 났을지도 몰라. 서른 살 되기 전에 여행이나 실컷 해야
지. 호주가 끝나면 캐나다, 캐나다가 끝나면 일본, 하는 식으로, 내
가 내 몸 하나 간수할 수 있을 만큼 돈 벌면서 살 수 있는 곳이라면
어디든지 가보고 싶단 생각이었어.

그래도 확실히 강렬한 기억을 남긴 순간들은 있지.

아, 여기서 살면 참 좋겠다.

할 수만 있다면 이런 곳에서 진짜로 살고 싶다.

이런 확실한 생각이 들게 했던 순간들이.

(당시의) 든든한 남자친구가 나를 기다리고 있고, 사랑하는 가족들과 친구들이 있는 나의 조국 한국으로 당연히, 때가 되면 돌아가리라 믿어 의심치 않았음에도 어떤 순간순간, 나는 이 나라에서 살고 있는 내 모습을 상상해보곤 했어. 그리고 내가 '이곳에 남을 수만 있다면 남고 싶다'라고 생각하게 된 순간들 중, 가장 기억에 남는 그날에 대해 써보려고 해.

처음 도착한 호주에서의 생활은 생각보다 시시했어. 짧은 영어에, 아는 사람도 없는 내가 구할 수 있는 일은 많지 않더라. 아쉬운 대로 시드니 시내의 한인 식당에서 웨이트리스로 일했어. 아르바이트 시간도 짧고, 시급이 8불(법정 최저 임금의 절반) 정도밖에 되지 않아서 그냥 겨우 입에 풀칠하는 정도였지만, 그래도 외로운 타지에서 사람들과 어울리니까 좋긴 하더라. 식당에서 일하니 식비 걱정 없이 끼니를 때울 수 있는 것도 나름의 장점이었어. 한국 사람들이랑 한국 가게에서 일하고, 매일 시내만 오가던 나는 남들이 말하는 아름다운 자연의 여유로운 호주를 만나볼 기회가 없었어. 어느 나라나 그렇듯, 호주에서 가장 큰 도시인 시드니는 복잡하고 시끄러웠고, 정이 없는 느낌이었거든. 차이나타운 근처고, 한인 밀집 지역이라서 딱히 외국이라는 느낌도 별로 없었지. 외국에서의 삶은 마음에 들었지만, 딱히 호주라서 좋은 게 아니라 그냥 외국에서 산다는 것 자체가 좋은 거였어. 오히려 이 물가 비싼 나라가 뭐가 그렇게 살기 좋다고 하는 건지 이해가 되지 않을 때가 더 많았어.

보통은 워홀을 하면 셰어하우스를 구해서 지내는데, 그러려면 보증금과 몇 주치의 방값을 한 번에 지불해야 하거든. 돈이 없었던 나는 처음에 임시로 묵었던 더러운 여행자 숙소에 어영부영 눌러앉게 됐어. 나같이 장기 투숙을 하는 한국 애들이 몇 명 있었고, 급속도로 친해져서 몰려다니게 됐지. 매일 같이 장도 보고 밥도 해먹고 술도 먹고 일자리도 같이 알아보고 말이야. 딱히 외국생활을 즐기는 기분은 아니었지만, 한국을 떠나와 얻은 자유로움이 한참 신선하게 느껴질 때여서 나는 늘 좀 붕 떠 있는 기분이었어.

그러던 어느 날, 장기 투숙 친구들끼리 마침 쉬는 날이 맞아서, 바다를 보러 가기로 했어. 호주 왔으니 만날 우리끼리 모여서 맥주나 먹지 말고, 진짜 호주다운 데도 좀 구경하자고.

수영복을 옷 안에 입고 타월과 선크림 등을 가방에 욱여넣고 슬리퍼를 꿰어 신은 우리는 길을 나섰어. 진호와 나, 그리고 얼굴은 기억나지만 이름이 가물가물한 언니와 오빠, 이렇게 넷이서. 숙소 바로 앞에서 버스를 탔어. 바다를 보러 가자고, 수영을 하러 가자고 해서 나는 당연히 꽤나 멀리 나가겠구나 생각했었지.

30분이나 걸렸을까, 웃고 떠들다 보니 순식간에 도착한 그림 같은 해변은 쿠지 해변 Coogee beach 이라는 곳이었어. 나, 동남아 배낭여행 오래 했거든. 예쁜 바다는 볼만큼 봤다고 생각했는데, 이건 또 다른 그림이더라. 색감이 진짜 강렬했어. 구름은 진짜로 엄청 하얗고, 하늘은 정말 파랗고 눈앞의 바다는 또 다른 색감으로 엄청 진하게 파랗더라. 예쁘네, 그리고 시내에서 진짜 가깝다고 감탄하고 바다에서 놀았어. 난 수영을 못하니까 바다 앞에서 알짱대기만 하다가, 모래나 갖고 놀았지. 뜨거운 호주의 태양에 어깨가 따끔따끔해질 때까지.

우리가 도착했던 시간이 2시쯤이었거든. 각자 하고 싶은 대로 수영도 하고, 책도 읽고, 모래 장난도 하면서 한 두어 시간을 보냈던 것 같아. 그러던 중, 수영을 하던 진호가 책을 읽는 내 옆으로 다가와 한마디를 툭 던졌어.

야, 이제부터 잘 봐라. 아마 너한테는 신세계일 거다.

한가했던 해변이 조금 북적이는 것 같은 느낌이 들 뿐, 눈에 띄는 변화가 없는데 뭘 보라는 건가 했어. 그런데 자세히 보니 멀리 해변 앞 도로로 차들이 속속들이 들어오고, 양복 입은 사람들이 내리더라. 그냥 아, 이제 슬슬 퇴근 시간인가 보다, 싶었어.

그런데 그 사람들이 모두 다 약속한 듯이, 차문으로 대충 몸을 가리고 서슴없이 양복을 훌렁훌렁 벗더라고. 그러더니 다들 트렁크에서 큼지막한 서핑 보드를 꺼내서 옆구리에 끼고 자연스럽게 바다로 뛰어들더라. 퇴근한 직장인들의 행렬은 여섯 시까지 이어졌어.

남녀노소 불문하고 갑갑한 정장에서 수영복으로 갈아입고, 바다에 뛰어들어서 서핑을 두어 시간 정도 즐긴 후에 수영복을 입은 채로 물기만 털고 다시 차에 올라서 집으로 가는 거야. 버스를 타고 온 사람들은 입고 온 옷은 옆구리에 끼고, 보드를 손에 든 채로 또 다시 버스를 타고. 해가 떨어지기도 전에, 저녁 식사 시간이 채 되기도 전에 말이야. 세상 행복하고 편안한 얼굴로. 스트레스라고는 정말 하나도 없어 보이는 그런 얼굴로 집에 돌아가더라. 이유 없이 뿌듯한 얼굴로 진호가 말했어.

야, 호주 사람들은 이게 일상이야. 네 시에 퇴근해서

저녁 먹기 전에 서핑 한 판 때리고 집에 가는 게.

하나도 안 특별한 일이라니까.

그 사람들이 팔자 좋은 부자라서 그런다고 생각할 수도 있잖아. 하지만, 자세히 관찰해보면 그렇지도 않은 것 같더라. 근처 상점에서 일하던 유니폼 그대로 입고 온 사람, 굴러가지도 않을 것처럼 생긴 고물차를 몰고 온 사람, 피자 배달 오토바이를 그대로 끌고 온 사람 등등, 어떤 특정 계층만 서핑을 즐기는 것도 아닌 것 같았어. 바다를 사용하는 것은 무료고, 모두에게 공평하니까. 서핑 자체가 비싼 레저는 아니잖아. 우리가 서핑을 즐기기 위해 들여야 하는 노력이 비쌀 뿐.

그 순간이 나한테는 진짜로 머리를 한 대 얻어맞은 듯 강렬했어. 와, 퇴근하고 헬스장에 들렀다가 집 가듯이 이렇게 하는 거야? 이런 일상을 누리는 게 특별하지 않은 거야, 여기는? 한국에서 서핑이라는 취미를 갖기 위해서는 얼마나 많은 돈과 시간과 노력이 필요할까? 서울에서 직장생활을 하는 내가 일주일에 한 번이라도 서핑을 즐기기 위해서는 무엇을 포기해야 할까. 이날의 풍경이 나에게는 '삶의 질이 높은 나라, 호주'를 아주 강렬하게 압축해 전달해준 이미지야. 아, '삶의 질'이라는 게 이런 거구나. 삶의 질이라는 게 더 비싼 걸 먹고, 더 좋은 차를 타는 게 아니라 그냥 자연스럽게 누릴 수 있는 편안함과 풍요로움이란 걸, 그때 처음 알았어.

그렇다고 내가 이민을 오고 나서 퇴근하고 서핑을 하는 삶을 살고 있지는 않아. 나는 수영도 못하고 운동도 싫어해서 서핑에 흥미가 없거든. 하지만 원하면 누릴 수 있지만 그냥 안 하는 것과 아예 내가 할 수 없는 건 완전히 다른 거잖아. 너무 힘들어서 엉엉 울며 이민을 포기하고 싶었던 날에 나는 저 날을 떠올리며 참았어.

아무튼 이민을 목표로 삼고 앞으로 나아갈 수 있게 해준 힘은, 결국 아무것도 아닌 많은 날 중의 하루인 이 날의 풍경이었어. 어떻게 보면 아무것도 아닌 일인데.

아무 날도 아닌 어떤 평범한 하루였는데 말이야.

02

살다 보면
눈먼 행운이 찾아오기도 한다

이번엔 내가 어쩌다가 무려 멜버른에 있는 레스토랑 오너가 됐는지 이야기해줄게. 들으면 어이없을 거야. 나도 솔직히 진짜 어이없거든. 해외 창업이라는 거창한 네 글자가 내 이야기가 될 줄은 정말 몰랐어. 하루 세 개씩 알바를 전전하며 살아가던 20대의 나는 언제나 새로운 곳에서 다른 인생을 사는 꿈을 꿨지만 말 그대로 막연한 꿈이었거든. 사람이 뭘 바라려면 실현 가능성이라도 있어야 하잖아. 내 레스토랑? 너무 동떨어진 이야기라 딱히 내 것이 되길 바라본 적도 없었어.

앞의 이야기를 보며 짐작했겠지만, 나는 스물여섯 살이 될 때까지 이렇다 할 스펙이나 기술은 전혀 없었어. 경력은 안 해본 것 없는 알바뿐이었지. 취업 준비생이 되기 전에 마지막으로 세상 구경과 영어 공부를 하겠다고 호주로 워홀을 떠났지만, 1년을 다 채우고서도 아무것도 얻은 건 없었어. 하지만 빈손으로 돌아가자니 허무하기도 했고, 게으른 생활에 이미 흠뻑 젖어버려서 도저히 한국 사회로 돌아갈 엄두가 나지 않았어. 열심히 사는 사람들이 넘쳐나는 그곳으로는. 다른 건 몰라도, 한국으로 돌아가면 이번 생에 제대로 된 취업은 글렀다는 확신 하나는 있었거든. 그래서 한인 음식점에서 최저시급의 반도 안 되는 주급을 아끼고 아껴, 가기 전에 여행이나 하려고 모아놓은 돈으로 어설프게나마 어학연수도 하고, 하루에 라면 반 개 씩 쪼개서 두 끼를 해결하며 어찌어찌 학비를 충당해서 요리학교 유학까지 마쳤어. 사람 일은 모른다더니, 바로 좋은 곳에 취업을 하는 행운도 따랐고.

우여곡절 끝에, 나는 지금 멜버른에 있는 작은 레스토랑에서 오너 셰프로 일하고 있어. 아니, 오너 셰프라는 말은 너무 거창하고, 그냥 작고 예쁜 레스토랑 팀을 이끌고 있는 요리사라고 하면 더 맞겠다. 일은 힘들지만 재미로 가득 차 있고, 가게는 예쁘고 따뜻해. 정신없이 일하다가 문득 고개를 들어 가게를 보면, 이게 내가 하는 가게가 맞나 싶어질 만큼 나는 여기가 좋아. 마치 내 분수에 맞지 않는, 넘사벽 연예인 급 남자친구를 만나고 있는 느낌이랄까, 볼 때마다 내가 무슨 복이 있어서 너 같은 애를 만났을까, 하는 생각이 드는 거야. 이 작고 예쁘고 활기차고 작은 공간이 내 것이라는 사실이, 생각하면 생각할수록 믿어지지가 않아.

세상 모든 가치 중 재미를 최고라고 생각하는 내게 매일매일 쓰고 달고 매운 색색의 사탕 같은 재미를 제비처럼 물어다주는 이 작은 레스토랑은, 보기만 해도 설레는, 사람보다 훨씬 더 사람 같은 존재야. 그래서 이제, 이 작은 공간이 운명처럼 나에게 온 이야기를 하려고 해. 어떻게 보면, 이 날이 이 모든 이야기의 시작일지도 몰라.

때는 2014년 10월쯤, 나는 당시 멜버른의 가장 큰 호텔에서 조식 뷔페 담당 셰프로 일하는 중이었어. 급여나 대우도 좋고, 근무 환경도 더할 나위 없이 좋았어. 호텔 셰프, 그 귀하다는 '요리계 공무원' 같은 삶을 즐기며, 내 호주 생활, 아니 내 생애 최고의 여유를 누리고 있던 어느 날이었어.

파트너인 철이와 길을 걷다가 '우리도 언젠가 우리 소유의 가게를 하는 날이 올까?' 하는 이야기가 나왔어. 모든 요리사들이 한번쯤은 하는 가벼운 대화였는데, 마침 그다음 쉬는 날 인터넷에서 동네에 망한 베트남 쌀국수 식당의 매물이 나왔다는 걸 본 거야. 딱히 할 일도 없어서 구경 삼아 들렀지. 난생처음 돈을 여유롭게 버는 게

신기해서 펑펑 쓰고 다녔고, 빛도 갚으며 바빴던 터라 모아놓은 돈
은 변변찮았어. 당연히 진지한 마음은 아니었지. 단지 가게를 많이
봐야 안목이 좀 생긴다는 말도 들었고, 가게 매매 시스템이라는 게
어떤 건지 궁금하기도 해서 쭐레쭐레 한번 들러나 본 거였어. 그런
데, 난 구경만 하러 간 건데, 난생처음 구경하던 가게였는데! 너무
오래 안 나가던 가게라서, 부동산 업자가 조바심이 났는지 딱 봐도
어설프게 생긴 나를 타깃으로 삼은 거야. 내내 가게 자랑을 늘어놓
으면서 정신을 쏙 빼놓더라.

　"안녕, 너 가게 처음 보러 왔구나?"
　"응, 처음이야. 생각보다 넓다."
　"어때, 괜찮지? 맘에 들어?"
　"응, 나쁘지는 않은 것 같아."
　"너 그럼 이거 할 마음 조금이라도 있어?"
　"뭐…… 음, 가게 위치랑 크기는 마음에 든다."
　"그럼 여기에 사인할래? 이거는 네가 관심 있다고 등록을 하는
　　서류야……."

나는 당연히 예의상 대답한 거였고, 가게를 자세히 본 것도 아니었
어. 하지만 그 부동산 업자는 알아듣기도 힘든 아랍권의 발음으로

쉴 새 없이, 정신없게 떠들었지. 그 업자는 결국 나를 그 알 수 없는 서류에 서명하게 만들겠다는 목표를 이뤘고, 별것 아니라던 그 서류는 알고 보니 '정식 계약서'였어.

가게 하나 구경 잘했다면서 집에 돌아올 때까지도 나는 내게 무슨 일이 벌어졌는지 전혀 몰랐어. 그런데 다음 날 아침, 왠지 이유 없이 찝찝한 거야. 나처럼 의심 많은 사람이 뭐에 홀렸는지 서류에 서명을 했다는 게 묘하게 찝찝해서, 교민 잡지를 뒤져 한인 변호사님을 찾아갔어. 상담실에 멍청하게 앉아 있는 나를 물끄러미 보시며 변호사님이 말하더라. "이미 사인 다하고 변호사는 왜 찾아요? 계약 전에 찾아야지."

헐. 아무튼 결론은, 내 신분증도 안 줬고 이름은 약자로만 써서 서명한 상태여서 누가 봐도 불공정 거래고, 충분히 취소시킬 수 있는 계약이었어. 근데 이상한 건 변호사님이 괜찮으니 걱정 말라고 하시면서도 계약서에서 눈을 못 떼시는 거야.

근데 가만 보니 여기 괜찮네, 장사가 엄청 안됐던 가게였나 봐.
이 가격에 이런 조건이 아직도 멜버른에 있네요?
할 마음 있으면 계약 수정하면서 해도 괜찮겠어요.

위치도 좋고 이 기구들을 다 그대로 놓고

몸만 빠져나간다는 거잖아,

이 정도면 그냥 버리기는 아깝네…….

이 긴 이야기는 그렇게 싱겁게 시작됐어. 결국 우리는 굉장히 찜찜
해하면서도, 돈도 없는 주제에 무슨 배짱인지 계약을 취소하지 않
았어. 그리고 그 후로 무려 10개월 동안이나! 우리같이 사업해본
경험 없고, 돈도 없는 애송이들에게 가게를 내주기 싫다고 버티는
건물주와 싸워가며 불공정 계약서를 수정하고, 또 수정해서 결국
가게를 인수했어.

모자라는 돈은 직장생활을 하면서 알바를 병행해 채웠고, 인테리어
할 돈이 없어서 포기할까 하는 와중에 운명처럼 솔트SALT라는 팀을
만나서 도움을 받기도 했어. 생전 처음 보는 우리 팀의 무엇이 그렇
게 마음에 들었는지, 우리와 인테리어+레스토랑의 컬래버레이션
형식으로 사업을 같이 진행하자는 제의를 해왔거든. 지난 3년간 사
업 파트너이자, 먼저 호주에서 사업을 한 멘토로서 내 옆을 든든히
지켜주고 있는 솔트 오빠들을 만나서 나는 참 다행이라고 생각해.

베트남계 여자가 혼자 운영하던 망한 쌀국수 집. 장사는 더럽게 안

되는 데다 셋째까지 임신하니 꼴도 보기 싫다며 헐값으로 넘기고 몸만 빠져나간 가게. 우린 그 비싼 보증금 못 낸다고, 안 하겠다고 하니까 본인들 보증금 그대로 묶어놓고 갈 테니까 돈 벌면 갚으라며, 뒤도 안 돌아보고 떠나버렸던 그 휑하고 멋없던 가게.

그게 우리의 수다야.

지금은 멜버른에서 가장 핫한 아시안 레스토랑 순위에 오르내리고, 예약이 안 차는 날이 거의 없이 활기차게 돌아가는 이 작은 가게의 시작은 그랬어.

허무할 정도로 간단히 사기를 당해 내 가게를 인수했던 그날이, 아직도 나는 생생하게 기억나. 임시 개점하기 전날, 냉장고가 망가져서 울면서 겨우겨우 준비를 끝내고 손님들을 받던 순간도, 첫날 밑바닥까지 탈탈 털어 쓴 바람에 돈이 하나도 없어서 집에 있는 저금통을 깨서 거스름돈을 줬던 기억도. 지금은 나의 제일 친한 동생들이 된 초기 멤버들, 먼지 풀풀 날리던 공사판에서 면접을 본 순간들, 하나하나 빠짐없이 기억하고 있어. 나한테는 다 비현실적이고 묘한 순간들이었거든.

최악의 순간에 만난 이상한 남자가 어쩌다 보니 내 운명이었다는 빤한 이야기처럼, 로맨틱하지만 너무 흔한 만남보다 오히려 더 기억에 새겨지는 그런 묘한 인연의 시작, 그게 나에게는 이곳 수다였어. 언제까지 이곳에 머물지는 모르겠지만, 내겐 첫사랑처럼 평생 기억에 남겠지. 연 지 얼마 안 된 내 두 번째 가게도 물론 특별하지만, 내가 앞으로 어떤 대단하고 엄청난 가게를 한다고 해도 내게 수다만큼 사랑스러운 가게는 다신 없을 거야.

수다의 오픈 멤버들을 포함해 수많은 사람들과의 인연이 여기서 시작됐으니까. 내가 지금처럼 스스로 꽤 괜찮다고 느끼는 사람이 될 수 있었던 건 수다, 그리고 나를 믿고 따라준 동생들 덕분일 거야. 인연이 있으면 다 만나게 된다는 이야기를 나는 수다 덕분에 믿게 됐어. 수다는 내게 인생이 얼마나 예상치 못한 곳에서 꼬이고, 또 즐거워지는지 알려줬어. 그리고 한번 제대로 살아보고 싶다는 마음이 들게 한, 내겐 너무나 소중한 곳이야. 너무 힘들 때는 잠시 벗어나 조용히 쉬고 싶다는 생각도 들긴 하지만. 이 작은 공간은 내가 죽을 때까지 기억할 사랑 중 하나가 될 거라는 건 확신할 수 있어. 그래서 내 첫 타투는 수다의 로고였어. 평생 이 가게를, 이 시간들을 기억하길 바라는 마음이 바늘공포증을 이겨냈지.

내가 이곳에 얼마나 오래 있게 될지는 모르겠어. 내가 주어진 역할을 다 못하게 되면 리더 역할에서는 물러나야겠지. 행복하고 기꺼운 마음으로 동생들 중 한 명에게 내 짐을 물려주고 소박한 안식년을 갖게 될 그날이 기대가 되기도 해. 배낭에 최소한의 짐만 넣고 많이 걷고 싶기도 하고, 중국어를 배우러 가고 싶기도 해. 영원히 내 옆에 머무르는 것은 없으니까, 언젠간 그런 날이 오겠지.

아무튼 내가 여기 있는 동안에는 온 힘을 다해서, 나를 믿고 사업을 시작하게 해준 파트너들, 내 결정을 믿고 언제나 지지해주는 동생들, 그리고 그냥 밥만 먹고 가면 될 레스토랑에 특별한 애정을 쏟아주는 단골손님들에게 받은 만큼 돌려주고 싶어. 그게 내가 반드시 해야 할 일이기도 하고. 내가 그럴 만한 그릇이 되기를, 가게가 커가는 만큼 나도 함께 성장해가기를 바랄 뿐이야. 내가 지금 인생에서 무언가를 더 갖길 바라는 건 너무 욕심인 것 같아서, 30대를 끝마치기 전에 딱 여기까지만 바라보려고 해.

열심히 할 거야.
이런 눈 먼 행운이 쉽게 또 와주지는 않을 테니까.

#03

나의
가장 특별한 수다

수다를 열게 된 이야기를 한 김에 좀 더. 내가 호주에서 하는 일에 대해 이야기해볼까 해. 우리 레스토랑 'SUDA, korean eatery'을 가장 잘 표현한 한마디는 '모던 코리안'이야. 우리의 첫 레스토랑을 어떤 콘셉트로 할 것인가에 대해 정말 많은 회의를 거쳤어. 멜버른 시내에는 아시안이 꽤 많기 때문에, 사실 평범한 한식당을 낸다 해도 실패할 가능성은 거의 없었어. 하지만 나처럼 게으른 인간을 부지런하게 만들기에는 좀 재미가 없어 보였지. 한 번 사는 인생, 실패하더라도 기억에 남는 가게를 하고 싶었고 말이야.

식문화의 도시 멜버른에서 우리는 어떤 역할을 할 수 있을까. 우리는 어떤 색을 가진 레스토랑을 만들고 싶은가.

우리 팀은 수평적인 구조였기 때문에 뭐든 함께 결정했지만, 전체적인 방향을 제시하는 사람은 나로 정한 상태여서 가게의 기초적인 콘셉트를 정하는 건 내 역할이었지. 정말 부담스러웠어. 있는 돈, 없는 돈 탈탈 털어서 시작한 사람들이었기에 절대 실패하면 안 되는 거였는데, 왜 그렇게 안전한 길로는 가기가 싫었을까. 한국식 바비큐, 일반 한식당 등은 성공 사례도 많았고 안전한 길이었지만 나는 젊고 패기 넘치는 우리만이 할 수 있는 것을 하고 싶었어.

멜버른은 카페와 레스토랑의 도시로 불리거든. 호주에서 가장 식문화가 발전했다고 꼽히는 멜버른 사람들의 자부심은 정말 대단해. 경제 칼럼에서 멜버른의 청년층이 외식에 쓰는 돈의 비율이 비정상적으로 크다며 '멜버른스러움'을 지키려다가 경제가 흔들릴 가능성이 있다고 걱정할 정도라니까. 멜버른은 맛집과 유행에 환장한 동네라고 해도 과언이 아니야. 그리고 호주 내에서 가장 다문화에 열려 있는 도시이기에 새로운 문화와 음식을 수용하는 속도도 굉장히 빠르지. 멜버른에서 가장 잘나가는 레스토랑들을 살펴보면 'Chin Chin(모던 태국 음식)', 'Super Normal(모던 아시안)', 'Rice Paper Sissors(모던 동남아시아 음식)' 등 아시안 레스토랑이 대부분일 정도로.

멜버른은 지금 현대식으로 재해석한 아시안 요리가 대세야. 멋스러운 인테리어에 트렌디한 칵테일 리스트, 새롭고 과감한 메뉴들이 '모던 아시안'의 특징이거든. 나는 궁금했어. 한식으로는 왜 저런 시도를 하지 않을까. 멜버른에는 왜 현대식으로 재해석한 한식 레스토랑이 거의 없을까. 한국의 전통을 보존하려는 노력도 중요하지만, 한편으로는 틀을 깨려는 사람들도 필요하지 않을까.

냉정하게 말하면 아직 한식은 태국이나 중국, 일본, 베트남 음식만큼 멜버른인들에게 익숙한 음식이 아니야. 유명해지고는 있다지만, 젊은 세대나 도시에 사는 사람들이 아니면 김치나 불고기조차 모르는 사람들이 아직도 부지기수니까.

여기 사는 8년 동안, 나름대로 사명감을 가지고 정말 많은 호주 친구들에게 한식을 소개했어. 미우나 고우나 내 나라이고, 나는 한국의 모든 문화 중 식문화가 가장 매력적이라고 생각하거든. 한식을 소개받은 친구들 중 절반 정도는 한식에 관심을 갖고 다른 음식들도 먹어보고 싶다고 했지만, 나머지 친구들의 반응은 그저 그랬어. 나는 왜 이런 차이가 생기는지 궁금했어. 그냥 단순한 입맛 차이일까? 아니면, 성공하는 음식에 법칙이라도 있는 걸까?

내가 내린 결론은 '첫인상'이었어. 어디서든 첫인상이 중요하잖아. 처음 먹어본 한식이 입맛에 맞았다면, 단지 하나만 먹어봤을 뿐인데도 '한국음식 괜찮네'라고 생각하게 되는데, 처음 먹어본 한식이 너무 맵거나 맛, 향이 별로였다면 한식 전체에 대한 호감이 낮아지는 거지. 아니면 식당에서 의사소통이 힘들었거나, 메뉴가 너무 어렵거나, 위생 상태가 별로였거나, 먹는 방법이 너무 복잡했거나. 새로움을 넘어서 거부감까지 든다면 다시 찾지 않게 되는 거야.

친구들의 반응이 좋았던 메뉴는 불고기 같은 한국식 바비큐, 치맥, 잡채 같은 것들. 반면 반응이 좋지 않았던 메뉴는, 기사 식당처럼 불친절한 곳에서 소개했던 음식들이었어. 한국인들 사이에서는 맛있다고 소문난 곳이었는데도 말이야. 된장찌개는 냄새가 이상해서 싫다고 했고, 백반은 그 많은 반찬들을 어떻게 먹어야 하는지 어려워했지. 생선 구이는 머리가 그대로 달린 모습에 기함하더라. 매운 음식도 호불호가 많이 갈렸고. 다들 신기해하긴 했지만, 결코 또 가고 싶어 하진 않았어. 식당의 위생, 서비스 같은 것도 맛 못지않게 첫인상을 결정하는 중요한 요소였어. 외국인이 한식을 바라보는 시선은 한국인과 같을 수가 없잖아. 아예 관점이 다른 거야. 예를 들어 백반. 나는 한국 식문화의 정수를 담아낸 이 소박한 밥상이 호감을 얻지 못한다는 게 이해가 되지 않았어. 하지만 반찬 문화에 익숙하지 않은 외국인에게는 알 수 없는 풀, 소스, 그리고 머리가 달려 있는 생선 구이, 맑은 국 같은 게 너무 혼란스러웠대. 어떻게 먹어야 하는지도 영 모르겠고. 왜 멀건 수프에 밥을 말아 먹느냐고, 이해가 안 된다고 하더라. 이렇게 멀건 건 수프도 아니라면서.

돌이켜보면 나도 그랬어. 스무 살 때 처음으로 태국에서 태국 전통 음식인 칸톡 디너를 체험했는데, 신기하긴 하지만 먹어보고 싶단 생각은 전혀 들지 않았어. 정체를 알 수 없는 풀이나 젓갈에는 손이 안 가고, 그나마 무언지 알아볼 수 있는 고기 같은 것에만 손이 가더라고. 반면 베트남 음식은 한국에서 접한 적이 있어서 그런지, 현지에서도 거부감이 들지 않았어. 길거리 음식도 자연스럽게 먹게 되고. 지금 나는 태국, 베트남 음식 모두 정말 좋아하는데, 태국 음식을 좋아하게 될 때까지 훨씬 많은 시간이 걸렸어. 한식처럼 특유의 향이 있는 음식은 사실 세 번만 먹어도 중독되어서 계속 찾게 되잖아. 불현듯 계속 생각나는 강렬한 맛. 그러니까 나한테는 어떻게 하면 세 번 이상 먹어보게 만들 수 있을까, 그게 관건이었어.

전통 음식이 좋다고 처음부터 청국장, 된장찌개에 생선 구이를 대접하면 시도는 좋지만, 다시 한식을 찾을 가능성은 줄어들 거야. 하지만 처음에는 불고기, 그다음에는 양념치킨, 그다음은 김치찌개,

그다음은 또 된장찌개, 이런 식으로 소개한다면? 서서히 한식의 깊은 맛을 알게 되면서, 자연스럽게 한식 마니아가 될 가능성이 훨씬 높아질 것 같았거든. 그리고 식문화를 계기로 한국 자체가 궁금하게 될 수도 있잖아. 나는 태국 음식에 빠져서 태국에 열두 번이나 간 적이 있거든.

내가 원하는 내 첫 레스토랑의 역할은 바로 그거였어. 한식 마니아가 되는 과정을 최대한 짧게 해주는 곳, 한식에 중독되는 가장 빠른 지름길 같은 곳. 누구든 무난히 시도해볼 수 있는 한식을 먼저 소개하는 거야. 수다에서 우리는 정통 갈비찜이나 떡갈비를 우드 트레이에 빵과 함께 담아내 보기도 하고, 불닭으로 파이를 만들어보기도 했어.

케일로 사찰 스타일의 코리안 팬케이크를 만들어보기도 했고, 장조림을 북경오리구이처럼 이용해서 밀전병 쌈을 만들어보기도 했어. 구운 터키 치즈인 '할루미'와 구운 떡으로 만든 전채 요리는 우리 가게 최고 인기 메뉴 중 하나야. 보통 서양인들은 떡의 찐득거리는 식감을 싫어하거든. 그런데 구워서 바삭바삭한 식감을 더하면 그 거부감이 없어지는 것 같더라. 그렇게 한 번 떡을 접한 다음에는 떡볶이를 시켜서 먹어보기도 하더라고. 떡갈비 버거를 먹고 맘에 들면 신기하게도 그 다음에는 떡갈비 정식을 찾고, 잡채처럼 볶아낸 불고기 파스타를 먹은 사람은 다음엔 불고기 쌈밥을 찾아. 김치 케사디야나 김치 크로켓을 먹어본 사람은 통삼겹 김치찜의 맛을 궁금해하고.

그래서 우리 수다의 메뉴는 정통 한식과 서양인의 입맛에 맞는 퓨전 한식, '모던 코리안'이 반반으로 구성돼 있어. 물론 누군가는 우리의 모던 코리안을 보고 그건 진짜 한식이 아니라고 할지도 몰라. 글쎄, 어떨까? 치맥은 한식일까 아닐까. 짜장면은? 치즈 불닭은 치즈를 올렸으니까 한식이 아닌 걸까? 이건 어차피, 끝나지 않을 논쟁인 것 같아.

그런데 모두가 같은 생각으로 같은 음식만 만든다면 지루하잖아. 무엇보다도 우리는 '젊은 세대들이 실제로 좋아하는 한식'을 선보이고 싶었어. 나는 한 번도 친구들과 만나서 잡채를 사 먹어본 적이 없거든. 한국에서는 한식의 범위가 하루가 다르게 넓어지기만 하는데, 왜 해외만 나가면 한결같이 잡채, 불고기, 비빔밥, 김치만 외치는 걸까? 그걸 이해할 수가 없는 거야. 한국의 맛이지만, 좀 더 젊은 옷을 입은 음식들을 멜버른에 소개하는 게 내 목표였어. 퐁듀치즈 쭈꾸미, 떡갈비 스테이크, 김치프라이즈 혹은 깔끔한 가정식 같은. 젊은 세대들이 실제로 먹고, 좋아하는 새로운 한식 말이야.

김치찌개, 불고기, 냉면, 잡채처럼 전형적인 메뉴를 내세운 레스토랑들은 이미 많으니까, 우리까지 같은 색깔일 필요는 없잖아. 멜버른에 아직 이런 모던 코리안이 성공한 사례가 없어서 무섭기도 했

어. 하지만 잃을 것도 없고 젊을 때 하고 싶은 일을 해야지, 지금 못
하면 언제 하나 싶더라.

다행히도 결과는 정말 좋았어. 멜버른에 있는 수백 개의 아시안 레
스토랑 중 매출 3위를 하기도 하고, 주말과 금요일에는 대부분 예
약이 꽉 차 있어. 바쁘고 활기차고, 재미있어. 주방이 좁아서 더 많
은 시도를 해보지 못하는 게 아쉬울 뿐, 그것만 빼면 이 가게는 아
주 개성 있게 잘 되고 있어. 언젠간 모던 코리안 코스 요리를 소개
하고 싶기도 하고, 한식 타파스와 함께 칵테일이나 와인을 내는 작
은 바를 해보고 싶기도 해. 사찰 음식을 모티브로 한 채식 레스토랑
도 열고 싶고.

아무도 우리에게 어떤 역할이나 의무를 부여하지는 않았지만, 우린
나름대로의 의무감과 사명감으로 열심히 일하고, 회의하고, 한식과
호주 문화를 공부하고 있어. 한국인이 아니라 한 레스토랑의 오너
라는 관점에서 객관적으로 봐도, 한식은 정말 경쟁력 있는 음식이
거든. 아직 완벽하게 세계화되지 않았기 때문에 더 가능성 있고, 그
래서 나는 지금 내 일이 아주 매력적으로 느껴져.

멜버른에서 한식은 아직 신인이야. 2~3년 전부터 차차 주목받기

시작해서, 지금은 분기점에 서 있다고 생각해. 잠시 반짝 빛났다가 사라지는 유행이 될 수도 있고, 일식이나 태국 음식처럼 꾸준히 사랑받는 스테디셀러가 될 수도 있어.

어떻게 흘러갈지 몰라서,
나에겐 이 게임이 더 재미있는 것 같아.

#04

네모를
찾아서

수다 이야기를 마쳤으니, 이번엔 내 두 번째 가게 이야기를 해볼게.
나와 우리 팀, 그리고 솔트 인테리어 팀이 함께한 두 번째 가게 네
모NEMO 가 탄생하게 된 과정, 그리고 네모가 어떤 가게인지에 대해
말해보려고 해.

수다가 오픈한 지 1년 즈음, 생각보다 빨리 자리를 잡는 것 같았어.
그때쯤 당연하게 사업 확장을 생각하게 됐지. 사업이 커지면 팀도
커지기 마련이잖아. 언제까지나 작은 가게에서 북적거릴 수는 없으
니까, 함께 나아갈 방향을 찾다 보면 사업을 확장할 수밖에 없더라.
그래서 2호점을 생각하게 됐어.

지금 생각하면 엄청 주제넘은 생각이었지. 1호점 수다도 근근이 운

영하는 상황이었거든. 장사는 꽤 잘되는 편이었지만, 돈이 하나도 없는 상태로 시작했으니 돈이 들어오는 대로 계속 재투자하거나 빚을 갚아야 했어. 그 와중에도 틈만 나면 2호점의 콘셉트나 방향을 생각했어. 혹시 모르니까! 그걸 구상하는 건 즐겁기도 했고, 얼떨결에 연 첫 가게가 선전하고 있었던 터라 자신감도 있었으니까. 그래서 우리는 또 어쩌다가, 2호점을 준비하게 됐어.

먼저 첫걸음이 되는 가게 이름에 심혈을 기울였어. 수다만큼이나 좋은 이름이어야 할 텐데, 했지. 수다는 뜻이 좋으면서도 발음하기 쉽고 단순한 이름이라 딱 좋았거든. 'CHIT CHAT'이라는 귀여운 한마디로 뜻을 알 수 있잖아. 수다는 인테리어를 하면서 이름을 떠올렸는데, 네모는 반대로 이름을 먼저 떠올리고, 콘셉트를 잡은 후 자리를 보러 다녔어. 다음 쪽에 있는 사진은 수다와 네모의 로고야.

'네모'라는 이름에 네모난 모양을 콘셉트로 한식 도시락 가게를 하면 재밌겠다는 생각이 들었어. 'NEMO'라고 하면 서양인들은 '니모'라고 읽고 〈니모를 찾아서〉의 니모를 떠올리니까, 거기에 다른 의미가 있단 걸 설명해주면서 손님들과 대화하는 것도 재미있을 것 같았어. 수다가 성공을 거두면서 인지도도 높아졌고, 두터운 단골 고객이 생겨서 홍보와 마케팅에는 자신 있는 상태였지.

그래서 이번에는 비교적 세가 저렴한 외곽 지역 위주로 가게를 알아보러 다녔어. 두 번째 가게는 시작부터 솔직히 정말 힘들더라. 첫 번째 가게는 멋모르고 덤벼들고, 정신없이 휩쓸려 다니느라 힘든지도 몰랐던 데다가 얼렁뚱땅 누군가의 도움으로 일이 저절로 성사된 적도 많았는데, 두 번째부터는 처음부터 끝까지 내가 해야 하는 거야. 게다가 한 번 해봤다고, 허세와 욕심만 늘어서 일을 크게 벌이는 경향까지 생겨버렸어. 첫 번째보다는 쉽겠거니 했는데, 완전히 반대였어.

아무튼 이러니저러니 해도, 나 같은 젊은 사장에게 이 과정이 힘든 이유는 단 하나야. 들이는 고생과 시간에 비해서 금전적인 보상은 전혀 없는 시기잖아. 내가 돈을 쌓아놓고 사업하는 사람도 아니고, 겨우 모아놓은 돈을 곶감 빼먹듯 쓰기만 하는 시기라서 가끔은 심하게 멘탈이 흔들리는 거야.

이렇게 신나게 퍼붓고 있는데, 돈이 동나서 가게를 열지 못하는 건 아닐까? 이 길에 끝이 있긴 한 걸까?

계획했던 예산보다 터무니없이 많은 돈과 시간이 들어가니까, 정신 차려 보면 나도 모르게 머리를 쥐어뜯고, 손톱을 물어뜯고 다리를 떨고 있더라. 내가 할 수 있을까? 한 번 운이 좋았다고 해서 또 운이 따라준다는 보장이 있을까? 괜한 욕심을 부린 걸까? 부정적인 생각을 한 번 하기 시작하면, 꼬리에 꼬리를 물고 끝없이 나타나거든. 그럴 때는 1호점으로 가서 열심히 일하는 우리 팀 아이들 얼굴을 보며 이 아이들을 믿고 열심히 하자며 마음을 다졌어.

네모는 아예 새로 지어진 건물에 들어갔어. 아무 설비도 되어 있지 않은 새 건물인데, 건물주가 자기 건물에 수다 같은 가게가 들어왔으면 좋겠다고 좋은 조건을 내걸어서 계약이 체결된 경우야. 재밌었어. 수다를 차릴 때는, 나 같은 애송이에게 자리를 내줄 수 없다고 버티는 건물주와 밀고 당기기만 반년을 허비했거든.

하지만 이런저런 혜택을 받는 대신 모든 설비를 알아서 해야 했어. 이미 주방, 배수, 가스 등 설비가 다 갖춰진 가게를 계약했을 때와 비교하면 정말 어마어마한 돈과 시간이 들더라고. 고생은 인테리어 팀 솔트가 했지만, 허가를 받고 기다리고, 알아보는 와중에도 비싼 월세는 야금야금 나가고 있었으니 내 스트레스 지수도 야금야금 함께 올라갔지.

기획과 브랜딩, 설계, 시공까지 길고 지루한 시간을 거쳐 네모가 탄생한 건 2017년 3월 말이었어. 최고의 인테리어 팀이 고생한 만큼 정말 예쁜 가게로 탄생했고, 지금도 열심히 자리 잡고 있는 중이야.

네모는 수다보다 훨씬 작아. 반 정도 될까? 수다만큼 특색 있지만, 조금 더 캐주얼한 분위기의 가게야. 수다는 한식을 우리 식으로 재구성해 호주인의 입맛에 맞춘 한식 비스트로라는 콘셉트를 가지고 있잖아. 그런 수다의 동생, 네모가 전면에 내세운 한국의 식문화는 '도시락'과 '반찬' 문화야. 일본의 벤또가 아닌 한국의 도시락을 현지인의 입맛에 맞춰보는 게 목표였어. 도시락이라는 말은 발음도 힘들고 설명하기도 단순하지 않으니까 '네모', 'box', 'square'라고 설명하면서 친숙하게 다가가면 어떨까 생각했지.

나는 한국 식문화 중에서도, 우리 식사의 뿌리라고 할 수 있는 반찬 문화를 꼭 다뤄보고 싶었어. 뭐 공동체가 나눠먹는 식문화다, 아니다, 원래는 독상이 원칙이다 등등 말도 많고, 의견이 분분한 와중에도 꿋꿋하게 변하지 않는 것은 반찬 문화라는 생각이 들었거든. 그렇지만 이번에도 정공법은 쓰지 않고 호주 현지인들의 취향에 맞추는 데 주력했어. 나물이나 젓갈, 무침 등 냄새가 강하거나 너무 낯설 것 같은 한식 반찬들은 제외했고, 장조림이나 계란말이, 닭강정처럼 처음 봐도 그리 생소하지 않은 반찬들로 메뉴를 구성했어. 잡

채나 제육볶음, 불닭, 두부조림처럼 한국 느낌이 강한 메뉴도 있고,
불고기 월남쌈이나 수제 김치치즈크로켓, 으깬 두부와 시금치를 발
사믹식초에 버무린 샐러드처럼 우리가 개발한 퓨전 한식도 들어간
재미있는 메뉴를 짰어. 밥을 잘 먹지 않는 호주인들을 위해 빵이나,
당면을 선택하게 한 것도 특색이었지.

네모는 자리를 잡으려면 갈 길이 아주 먼 작은 가게야. 이제 4년 차에 접어드는 수다와 비교하면 이제 걸음마 수준이지. 팀의 분위기도 천천히 구축되고 있는 중이고, 직원 교육이나 서비스 등 매뉴얼도 정리돼가고 있어. 첫 가게를 열었을 때만큼 작은 일에 노심초사하지는 않아. 아직은 매출도, 팀 분위기도 수다와 비교하면 어설프지만, 첫째와 비교당하지 않는 당당한 둘째로 키워보려고. 좋은 가게를 기획했고, 좋은 팀을 구성했으니까 나머지는 저절로, 팀의 구성원들과 내가 자연스럽게 완성해갈 수 있을 거라고 생각해.

제법 추운 멜버른의 겨울, 나는 네모의 구석에 앉아서 차를 홀짝거리면서 이 글을 쓰고 있어. 네모를 기획하고 준비하는 과정을 간단하게나마 글로 돌아보니 다시금 내 운명에 감사하는 마음이 들어. 어떤 인연으로 나에게 와준 이 예쁜 두 개의 가게와, 내가 수다와 네모를 통해서 만난 소중한 사람들의 얼굴을 한 명 한 명 생각할 때면 기분이 묘해질 때가 있어. 호주에 발을 디딘 그 순간이 나라는 사람의 새로운 시작이었듯, 두 가게의 오픈은 내 인생에서 굉장히 큰 전환점이거든. 내면에 큰 변화를 줬고, 내 사고방식을 아주 많이 바꿔놓았으니까.

내가 세상에 만들어냈다고는 믿기지 않을 만큼 사랑스러운 내 두

레스토랑과, 왜 이런 애들이 나 같은 애송이를 믿고 따라오는지 가끔 의아할 정도로 멋있는 팀 멤버들을 생각하며 이제 내가 바라는 것은 하나야. 무언가 더 바란다는 것이 사치 같긴 하지만, 그래도 한 가지만 바라고 싶어. 네모와 수다의 이름에 부끄럽지 않은 사람이 되는 것. 나한테는 이제 그거 하나가 숙제로 남았어.

나의 팀이 내가 가진 가장 큰 자부심인 것처럼 나도 그들의 자부심이 될 수 있기를. 팀에 걸맞게, 어디 내놔도 부끄럽지 않은 괜찮은 리더가 되기를.

'우리'도 중요하지만 한 사람, 한 사람 개인의 행복과 발전을 먼저 생각하는 사람이 되기를 바라는 마음이야.

긴 두 가게 이야기를 잘 들어줘서 고마워!
곧 나와 우리 팀이 만드는 세 번째 가게 이야기도 전할게.
그리 머지않은 미래에.

05

안녕, 자기,
별일 없니?

언어라는 건 말과 글자 그 이상의 정말 깊은 무언가인 것 같아. 말을 말로 설명할 수 없다니 조금 이상하지만. 요새 느끼는 건데, 언어는 단지 의사소통 수단이 아니야. 그런 단순한 게 아니라, 더 오묘하고 복잡한 무언가.

어느 정도 영어에 익숙해지면서, 예전에는 그냥 외우기만 했던 걸 지금은 왜 이렇게 표현할까에 대해 생각해보게 돼. 그러면서 느끼는 건 언어와 언어권의 문화, 그리고 그 언어를 사용하는 사람들의 성향이 다 촘촘하게 연결돼 있는 것 같다는 거야. 영어를 이렇게 쓰지 않아도 됐다면 몰랐을 법한, 쓸데없지만 신기한 것들을 나는 지금 배워가고 있어.

온 지 3~4년 즈음 됐을 때, 나는 건방지게도 내가 영어를 꽤 자유롭게 사용하고 있다고 생각했어. 원리는 모르고 버튼만 눌러 작동만 시키는 정도였는데도 스스로에게 꽤 흡족해했었지. 물론 지금도 내가 쓰는 말이 어디서 기원했는지를 알고 자유자재로 사용하는 건 아니야. 아마 평생 노력해도, 한국에서 태어나 한국에서 자란 내가 영어라는 언어를 완벽하게 이해하기는 힘들 거란 생각도 들어. 8년이 지난 지금에서야 영어에 대해 겨우 감을 잡기 시작한 걸. 아무리 달달 외우고 연습해봤자 내 뇌는 한국어 버전이잖아. 한국어 버전으로 영어를 아무리 쑤셔 넣은들 결국 한국인의 생각으로 재해석한 영어를 사용하게 되니까.

유학하던 시절, 교수님이었던 벤 덕분에 처음으로 언어가 문화 습득에 가깝다는 생각을 하게 됐어. 영어가 안 돼서 수업을 힘들어하면서도, 제일 일찍 와서 제일 열심히 수업을 따라가려 하는 나를 벤은 특별히 예뻐했거든. 어느 날은 수업에 한 시간이나 일찍 와서 기다리고 있는 나한테 벤이 넌 왜 그렇게 열심히 하는 거냐고 물어봤어. 난 정말 최고로 잘하고 싶은데, 태어나서 처음으로 내가 잘하고 싶고, 배우고 싶은 일을 찾아서 욕심이 나는데 영어가 너무 어렵다고 한탄하는 내게 벤이 그러더라.

영어를 공부하되, 매달리지는 말고, 많이 접하고 문화를
이해하면서 즐겨보는 게 어때? 호주인들이 뭐라고 말하는지가
아니라, 왜 저렇게 말하는지를 생각해봐. 문화에 익숙해지면
언어는 따라올 거야. 영어는 공부가 아니야.
공부가 아니라, 몸으로 익히는 거야. 운전이나 수영처럼.

고민하는 내게 진지하게 조언해주는 벤이 고마웠지만, 나는 도대체
이 사람이 무슨 말을 하는 건지 그때는 전혀 이해하지 못했어. 아주
긴 시간이 지나서야, 벤이 했던 말을 어렴풋이나마 이해할 수 있게
됐던 것 같아.

벤이 그렇게 말했던 건 사실 이유가 있었어. 입학해서부터 거의 한
학기 동안 나만 벤에게 '벤'이라는 이름이 아니라, 계속 'teacher',
'sir', 이렇게 불렀거든. 어떻게 선생님을 그냥 이름으로 부르라는
건지. 입에서 튀어나오지가 않더라. 벤이 "아니야, 벤이라고 불러,
괜찮아" 해도 나만 자꾸 고개를 숙여 인사하고 예의를 갖추려고 했
어. 벤은 그런 나를 어이없어하면서도 재미있어했지. 어느 날은 내
손을 꼭 붙잡고 말하더라.

제발 벤이라고 내 이름을 불러줄래. 부탁이야. 네가 나를

선생님이라고 부르면, 나는 내가 100살 정도 되는 것 같아.

나 그렇게 늙지 않았어.

여기서 태어났거나 어릴 때 호주에 온 사람들은 그런 것들에 이미 익숙해져 있잖아. 아니, 원래부터 당연한 거라고 인식하고 있겠지. 하지만 내가 갖고 있는 문화와 상식은 100퍼센트 한국의 것이니까. 성인이 되어서야 이곳에 온 나는 이렇게 사소한 일에서도 문화적인 충돌을 느끼곤 했어.

'내가 가고 있어'를 영어로 하면 'I am coming'이잖아. 한국어 해석으로만 생각하면 'I am going'이 맞는 이야기 같은데, 왜 나는 오고 있다고 할까? 가고 있다고 하지 않고? 쓸데없는 호기심이 많은 나는 어학원에 다닐 때, 선생님에게 이런 걸 꼬치꼬치 캐물었거든. 가르쳐주는 대로 배우면 되는데, '왜'라는 말을 입에 달고 살았어. 귀찮았을 법도 한데, 선생님은 본인도 언어학 전공자로서 관심이 많다며 언제나 진지하게 내 질문에 답해줬었어. 서양 문화는 개인주의 경향이 강하기 때문에 '나'를 위주로 한 말이 많다는 거야. 내 입장에서는 '내'가 목적지 가까이로 오고 있는 것이기 때문에 내가 오고 있다고 말한다는 거지. '목적지'를 중심에 놓고 목적지로 가고 있다는 게 아니라. 예를 더 들자면, 모르는 사람이 아는 척을 할 때,

"너 나 알아?"라고 묻잖아. 'Do you know me?'가 맞는 말 같지, 한국어로 번역하면. 그런데 'Do I know you?'가 맞는 표현이거든. "나 너 알아?" 완벽한 '내' 입장으로 만들어진 문장이지.

조금 다른 경우도 있어. 결혼을 했다고 할 때, 'I got married'라고 하잖아. 'I married'가 아니고. 나는 그것도 궁금했어. 결혼은 본인 의지로 하는 건데 왜 저렇게 표현하는지 궁금했거든. 선생님 말로는 기독교 영향인 것 같다더라. 결혼이라는 건 기독교적 시각으로 보면 남녀의 영혼이 결합한 거고, 그건 신의 뜻이기 때문에 '나'라는 주체성이 조금 옅어진다며. 추측에 근거한 것일 뿐이지만.

사실 이렇게 헷갈리는 것들은 외우면 되거든. 왜 그렇게 표현하든 간에, 외우는 건 어렵지 않으니까. 어학원에 다닐 때는 이런 것들이 궁금했는데, 시간이 지나면서 점점 아, 그렇게 쓰는구나, 하고 이해하고 흡수하려고 노력했어. 우리도 한국어를 쓸 때 어떤 이유를 생각하며 쓰진 않잖아. 그냥 자연스럽게 받아들이려고 노력했어. 그랬는데, 나중에는 또 다른 문제가 생기더라.

학교에서 실제로 시험에 나왔던 문제야. 레스토랑에서 식사를 마치고 나가는 사람이 피드백을 줬어. 이 중 부정적인 표현이 뭘까?

1. 아주 환상적이었어.

   It was fantastic.

2. 내가 지금껏 먹어본 음식 중 최고야.

   That was the best thing I've ever had.

3. 괜찮았어.

   That was okay.

4. 정말 훌륭해.

   That was so lovely.

나는 문제가 잘못된 줄 알았거든. 답은 3번이야. 응, 그거 좋았어. 이건 부정적인 표현이래. 막 유학을 시작했던 나는 적잖이 충격을 받았어. 그때는 내 주위에 호주 사람들이 많지 않았거든. 좋았다는 말이 사실은 좋지 않았다는 말이라고? 이건 무슨 헛소리지? 그런데 내가 직접 가게를 하면서 수많은 호주 손님들을 만나다 보니 몸으로 느껴져. 'okay', 'fine' 정도의 답변이면 사실 좋지 않았다는 거야. 호주인이 저렇게 말한다면 "먹을 수는 있는 정도였는데 마음에는 안 들어"라는 뜻이야. 간혹 저런 피드백을 받으면 이젠 바로 무슨 문제가 있었냐고 물어봐.

내가 태어나서 먹었던 것들 중 제일 맛있었어!

Oh that was the best I've ever had!

너무 사랑스럽고, 잊을 수 없을 만큼 좋았어!

It was so lovely and unforgettable!

내가 여기에 와보지 않았다는 걸 믿을 수 없을 만큼 좋았어.

I could not believe I haven't been here before.

정말 정말 좋았어. 네가 내 하루를 만든 거나 마찬가지야!

I love it so much, you made my day!

호주의 영어를 한국어로 번역하면 굉장히 과장이 심해. 밥 맛있게 먹었냐는 간단한 질문에도 이 정도는 예사로 쓰거든. 실제로 저런 답변을 매일같이 들어. 지금은 들어도 아무렇지도 않지만, 처음에 호주에 왔을 때는 이런 표현들이 너무 오그라드는 거야. 밥을 먹었을 뿐인데, 뭐가 그렇게 어메이징하고, 충격적이고, 대단하다는 거지? 뭐라고 답해야 하지. 너무 난감했어. 만날 때마다 포옹하고 볼에 키스를 하고, 다정한 말을 주고받는 것도 나는 죽겠는 거야. 난 한국에서도 여자들끼리 흔히 하는 팔짱조차 못 끼던 사람이었거든. 길 가다가 마주치는 이름 모를 사람이 나를 멈춰 세우고 "너 오늘 입은 옷이 정말 예쁘다"라고 칭찬하고, 눈이 마주치면 "안녕, 오늘 어때?"라고 묻는 게 처음에는 적응이 안 됐어. 어떻게 반응해야 할지 모르겠고, 바보가 된 거 같았거든.

호주식 영어가 다정한 언어라 사람들이 이렇게 다정한 건지, 아니면 여기 사람들이 다정한 성격이라 언어가 이렇게 달달해진 건지. 아니면 호주인들이 의도하는 바와 다르게, 내가 한국어로 번역해서 듣다 보니 더 과하게 들리는 건지는 아직도 잘 모르겠어.

어쨌든 전형적인 한국인에, 거기다 담백한 성격인 나는 호주의 과할 만큼 다디단 말들이 처음엔 많이 낯설었어. 사실 우리가 영단어의 뜻을 외울 때는, 한국어로 번역했을 때 가장 가까운 단어를 찾아서 외우는 거잖아. 그 단어가 정말로 쓰이고 있는, 영어를 쓰는 사람들이 머릿속으로 생각하고 있는 그 의미를 외우는 게 아니야. 단어가 담고 있는 감정의 정도나 상황에 따른 쓰임새의 차이는 공부한다고 익힐 수 있는 게 아니니까, 많이 부딪히면서 익숙해지는 수밖에 없는 것 같아. 뜻을 외우는 게 아니고, 그야말로 느낌을 익힌다는 기분으로.

왜냐면 한국어는 절대로 영어를 완벽하게 번역할 수 없거든. 둘 다 같은 언어라고는 해도, 주는 느낌이 미묘하게 달라서 오역이 생길 수밖에 없어. 공식처럼 적용하기가 불가능한 거야. 살아 숨 쉬는 문화나 다름없으니, 내가 익숙해질 수 있도록 계속 접하고 몸에 스며들게 해야 해. 그들의 문화를 익히듯, 열린 마음으로 자연스럽게.

지금은 영어를 최대한 한국어로 번역하지 않으려고 노력해. 영어 단어 자체의 느낌을 익히려고 노력하는 중이야.

지금은 8년이라는 적응 기간을 거치고 나도 많이 뻔뻔해졌어. 나는 매일 모르는 사람에게 안녕, 자기, 별일 없니? 안부를 묻고, 네 드레스가 예쁘다고 말을 걸어. 다른 식당에 가서 밥을 먹고 나오면서 호들갑스러운 인사를 전해. 네 음식은 정말 최고였다고, 고맙다고. 가볍게 안아주고, 예쁘다고 칭찬해주고, 엘리베이터에서 만난 사람과 인사하는 것에 익숙해졌어. 타고난 성격이 다정하지 못함에도 불구하고, 이제는 호주 문화에 슬슬 물들어가는 건가 봐. 영어도 평생 어색할 것 같았는데, 문화에 익숙해지다 보니 완벽하지 않은 영어도 꽤 자연스러워졌어. 오자마자 바로 문화에 적응하는 사람들도 있던데, 난 참 오래 걸린 것 같아. 호주, 아니, 멜버니안의 감성을 조금이나마 이해하는데 8년이나 걸렸으니 말이야.

어떤 환경에서, 어떤 마음으로 그 언어를 배우는가가 그 언어를 쓰며 나타나는 성격을 만드는 것 같아. 마치 유아기 환경이 그 사람의 성격을 좌우하듯이 말이야. 한국어를 쓸 때와 영어를 쓸 때 아예 다른 인격처럼 바뀌는 경우를 자주 보거든. 그럴 때마다 신기한 마음이 들어. 나로 예를 들면 나는 영어를 쓸 때 훨씬 더 밝고 긍정적이야. 영어라는 언어가 가진 과장과 직접적인 감정 표현이 나를 조금은 밝게 해주는 것 같다고 생각해. 내 친구 한 명은 한국어를 쓸 때는 참 퉁명스러운데, 영어를 쓸 때면 굉장히 예의 바르고 겸손해지거든. 그리고 얌전한 성격인데도 주방에서 영어를 배워서 그런지 영어만 하면 욕부터 시작하는 친구도 있었지.

구사하는 언어에 따라 같은 사람의 성격이 완전히 달라지는 걸 보고 있자면, 언어와 문화를 흡수한다는 건 개인이 구축하고 있는 벽을 허무는 일이 아닐까, 생각해. 불편함을 스스로 감수하면서 미처 모르고 있던, 나라는 우주의 숨겨진 부분을 알아가는 과정인 거지. 너무나도 멋있는 일이야, 어떤 언어를 내 안에 흡수시키고 이해한다는 것은.

다른 언어를 쓸 수 있게 된다는 건 하나의 자아를 더 갖는 것과 같다는 이야기를 들은 적이 있어. 다른 성격을 가진 자아가 하나 더 생기는 거라고. 영어를 그저 스펙 하나 더 쌓는 거라고 생각하며 공부할 때는 시큰둥했는데, 자아를 하나 더 얻는단 표현을 들으니 갑자기 열의가 마구 솟더라. 한국어를 쓰는 나, 영어를 쓰는 나, 중국어를 쓰는 나는 어떻게 다를까 궁금해지더라고.

예전의 나처럼 영어가 너무나도 부담스럽다면, 조금만 힘을 빼고 영어를 학문이 아니라 문화라고 생각해봤으면 해. 머리로 외우는 공부가 아니라, 자연스럽게 몸에 스며드는 문화에서 그 문화권 사람들과 자유로이 소통하게 해주는 도구라고 여기면 도움이 될 거야. 물과 친해지고 물속에서 자유자재로 움직일 수 있게 되는 것처럼, 언어는 네가 미처 알지 못했던 새로운 세상을 선물할 거야.

네가 언어를 흡수하고,
새로운 너와 만나는 날이 오길 기대할게.
배워야 한다는 압박감을 버리고,
스스로 즐거운 마음으로 너의 세상을 넓혀나가길.

#06

호주 중딩들의
놀라운 똑똑함

호텔에서 셰프로 생활하던 중 어느 평범한 날이었어. 아침에 미팅을 하는데, 인사팀 직원이 갑자기 우리한테 플라스틱으로 만든 주방용 칼을 나눠주더라. 그리고 하는 말이, 오늘부터 멜버른의 어느 중학교 학생들이 직업 체험을 하러온대. 이번 주 내내. 동료 셰프들은 다들 한숨을 쉬었어. 나는 이직을 한지 얼마 안 돼서, 이게 왜 한숨 쉴 일인지 몰랐지. 다른 호텔에서 견습생들을 교육해보고 함께 일해본 적은 많지만, 중학생들과 일하는 건 처음이었거든.

사실 견습생과 일하는 건 썩 반가운 일은 아니기도 해. 사람 수는 많아지는데 일은 느려지기 마련이니까. 안 그래도 내 일만도 벅찬데, 이제 겨우 졸업해서 아무것도 모르는 애들 데리고 설명해줘야하지, 실수라도 하면 그거 수습하는 시간이 더 걸려. 그 와중에 자꾸 물어보는 질문에도 답해야 하고. 그냥 정신만 없는 거야. 그래서 일손 늘려준다고 견습생을 붙여주면 오히려 싫어하는 셰프도 많아. 나는 뭐, 있으면 있는 대로, 없으면 없는 대로 하는 스타일이고 그날은 주 업무에서 빼준다고 하니 좋기만 했지. 견습생들과 일하는 것과 비슷할라나, 아니면 소꿉놀이 같을라나 생각하며 키친으로 들어갔어. 웬걸, 중학생이라고 하더니, 키친에서 우리를 기다리고 있는 건 셰프복을 입은 덩치 큰 청년이더라. 그제야 호주 학생들의 발육은 우리나라 학생들과는 다르다는 게 생각났어. 나보다 키도 덩치도 훨씬 크고, 이미 성인이나 다름없어 보였어.

교복 입은 꼬맹이들한테 그냥 쇼나 조금 보여주고, 질문에나 답해주면 그거 공책에 받아 적고 제출하겠거니 생각했는데 정신이 확 들더라. 셰프복에 주방용 안전화까지 갖춰 신었더라고. 얘네, 아예 일할 마음으로 온 거야. 장난하는 게 아니구나, 견학이 아니고 진짜로 체험하러 왔구나.

나한테는 두 명이 배정됐어. 디애나와 대니얼. 디애나는 중국계 이민자 자녀인데 정말 활발하고 궁금한 것이 많은 친구였어. 대니얼은 학교 대표 수영선수고, 미드에 나와도 이상하지 않을 만큼 잘생긴 훈남이었어. 상큼하게 웃으며 "안녕, 셰프, 난 대니얼이야. 반가

위. 진짜 설레고 기대된다" 하는데 어머, 웬일이야 싶더라. 중학생
이 아니라, 견습생들이 온 거 아니야? 싶었어.

일단 안전 교육부터 치르고 드디어 키친에 투입됐어. 걔네도 나한
테 많은 질문을 했지만, 오히려 내가 궁금한 게 너무 많은 거야. 이
직업 체험이라는 게 무엇이며, 애들이 왜 학교 책상 앞에 앉아 있지
않고 여기에 있는지가 너무 궁금한 거지. 그것도 2주 동안이나, 플
라스틱이긴 하지만 진짜 칼까지 들고, 셰프복을 갖춰 입고 도대체
왜 나랑 여기에 있는 건지.

대니얼과 디애나는 진로 상담에서 장래희망이 셰프라고 했기 때문
에 여기로 온 거래. 'That's that simple', 이라면서 어깨를 으쓱하더
라. 그게 뭐가 신기하냐며. 이윽고 말하길, 변호사가 되고 싶다고
한 친구는 변호사 사무실에 출근했대. 건축 기사가 되고 싶다고 한
친구는 건설 현장에 안전모까지 쓰고 나가 있다며 서로 인증샷 주
고받은 걸 보여주더라. '장래희망 없음'이라고 한 친구들은 대형 슈
퍼마켓으로 가든지, 시청 같은 데로 무작위로 가게 된대. 그런 곳은
엄청 지루해서 다들 후회하고 있다더라. 뭐라도 지어서 낼 걸, 하고.

가르치고 가르침 받는 입장들이 정해져 있어서 약간 딱딱한 분위기

였던 다른 팀들에 비해 우리 팀은 분위기가 화기애애했어. 아이들도 무서운 셰프를 생각하고 왔을 텐데, 자기들보다 덩치도 훨씬 작고 혀 짧은 영어를 하는, 권위라고는 1그램도 없는 나를 만나 좋았겠지. 대니얼은 나를 귀여워하기까지 하더라. 아시안은 왜 나이를 안 먹느냐고, 신기하다대. 내가 진짜 어이가 없어서. 디애나는 한국 문화에 빠져 있어서 나와 대화가 잘 통했어.

디애나는 공부를 아주 잘한다고 했고, 대니얼은 수영선수라고 했는데, 왜 셰프 생활을 체험하는지 궁금했어. 그걸 물어보니까, 디애나가 〈해리 포터〉의 헤르미온느처럼 똑 부러진 표정으로 대답하더라.

공부 잘한다고 왜 꼭 지루한 직업만 가져야 해?
아직 어리고 시간도 많은데. 나는 그만한 능력이 있으니까,
내가 해볼 수 있는 직업들 여러 개를 알아보고. 그중에서 제일
재미있는 걸 할 거야. 영화감독도 하고 싶고, 작가도 하고 싶어.
요새는 TV에 나오는 셰프들이 그렇게 멋있더라고. 대학교 가기
전에 한국어도 배워서 한국에서도 일해보고 싶어. 기획사 같은
데에서 일할 수 있지 않을까? 가서 한국 연예인들 많이 볼 거야.

이어서 대니얼도 말했지. 수영은 충분히 했으니까 이제 다른 걸 해

보고 싶어서 셰프 체험을 하게 됐다고. 진로 상담에서 몇 년 동안 수영만 했으니 다른 직업을 체험해보라고 권했대.

머리에서 '쿵' 하는 소리가 들리는 것 같았어. 수영을 잘하는 친구에게 어떻게든 이 악물고 그 분야에서 최고가 되라고 가르치는 게 아니라, 행복과 균형을 위해 다른 방향도 둘러보라고 가르치는 진로 상담이라니. 내가 가진 것들을 종합해서, 어떻게 하면 내가 유리하게 고지를 선점할까 하는 일종의 전략 회의가 진로 상담 아니었어? 네 점수랑, 스펙이랑, 이걸 봤을 때 너는 어디 대학교 무슨 전공을 지원하는 게 제일 취업에 유리할 것이라고 전망한다. 뭐 이런 거.

또 다시 물어봤어. 그럼 좋은 학교를 목표로 하는 전략적인 진로 상담은 안 하냐고. 학생들이 원하면 상담은 하지만, 어디가 좋은 학교라고 정해진 건 없다더라. 내가 무슨 말을 묻는 건지 모르겠다는 얼굴로 오히려 나한테 되물었어. '그냥 좋은 대학' 같은 게 어디 있냐고. 멜버른은 호주에서 교육으로도 유명한 도시라 이름난 대학교들이 많거든. 다만 무턱대고 어떤 대학이 좋다는 개념은 거의 없대. 로열멜버른 공과대학교는 건축, 디자인 분야에서 유명하고, 의대는 멜버른대학교, 법대는 모내시대학교, 공대는 디킨대학교. 이렇게 분야마다 유명한 대학교가 따로 있다더라고.

어디가 좋은 대학교인지 찾고 거기에 가기 위해 노력하는 게 아니라, 무얼 좋아하는지 알고 무얼 배우고 싶은지부터 정해야 비로소 어느 학교를 목표로 할지 정하는 거야, 호주에서는. "무턱대고 좋은 대학교라는 게 어딨어"라며 나를 이상하게 보는 그 아이들에게 나는 잠시 할 말을 잃었어. 기초 학력이 떨어지고 공부에 관심이 없다는 이유로 한국을 비롯한 아시아 국가들과 언제나 비교되고, 기성세대들의 걱정을 사는 이 호주의 청소년들이, 내겐 하나도 안 멍청해 보이더라. 멍청하기는커녕, '진짜 똑똑함'이 보여서 존경스러울 정도였어.

양파를 송송 썰고, 감자를 깎고, 저녁 연회에 나갈 접시들의 광을 내면서 서로에 대한 질문 릴레이는 끊이지 않았어. 뭐 하나 같은 게 없으니 다 신기한 거지. 한국과 호주의 학교생활에 대해, 한국과 일본, 중국의 차이에 대해, 셰프로 사는 게 어떤지에 대해 많은 이야기를 나눴어. 나도 저 나이 또래의 호주 친구들은 만나본 적이 없으니 궁금한 게 많았지.

내가 한국에서 보낸 중학교 생활과 이 친구들의 그것을 비교해보면 정말 흥미로울 것 같았거든. 그런데 알면 알수록 비교가 안 되는 거야. 내가 열다섯 살 때에 하던 생각의 폭과는 비교도 되지 않았어.

애들은 애초에 생각에 어떤 정해진 틀 같은 게 없었어. 내가 할 수 있는 것, 하고 싶은 것, 내가 좋아하는 일 사이를 자유자재로 넘나들면서 진로를 정하더라고. 반면 내 주변 친구들을 비롯한 한국의 중학생들은 일단 좋은 대학교에 들어가면 그다음에는 다 잘 풀릴 거라고 생각하는 것 같아. 좋은 대학교를 나오면 자동으로 좋은 직장에 취직하고, 커리어우먼으로 승승장구하다가 남부럽지 않을 멋진 남편 만나서 예쁜 집 사고, 괜찮은 차도 끌고, 아이도 낳고 행복하게 살아야지. 이게 끝. 사실 지금도 대부분이 그렇잖아.

대기업에서 일하는 게 꿈이라고들 하는데, 어떤 부서에서 무슨 업무를 하고 싶다는 게 아니라 그냥 '대기업'이 꿈인 거야. 이 넓은 세상에 우리가 할 수 있는 일들이 얼마나 깨알같이 많은지, 나와 내 친구들은 잘 몰랐어. 마케터, 영업자, 작가, 요리사, 변호사, 그런 다양한 모습으로 살 수 있다는 걸 그때는 잘 몰랐지.

한국에서는 공부 잘하면 의대나 법대 가는 게 공식 같은 거잖아. 하지만 그 머리 좋은 친구가 소설을 쓰고 싶을 수도 있고, 아예 머리 쓰는 일 외의 것을 하고 싶을 수도 있지. 그런데 너무 어릴 때 생각을 가둬버리니까, 너무 좁은 길만 보게 되는 거 같아. 일명 '사' 자가 붙는 직업 갖고 안정된 삶을 산다는 정해진 그림. 하지만 머리 좋은 의사보다는 머리 좋은 예술가가 적성에 더 맞고 행복할 가능성도 있잖아. 그런 가능성은 좀 열어봐야 하는 거 아냐?

고등학생 시절, 진로 상담 후 나는 그냥 막막했어. 학업도 열정도 체력도 평균 이하인 데다가 형편은 어렵고, 이렇다 할 특기도 없었던 나는 어떤 카테고리에도 들어가지 못했어. 그냥 어렴풋이 생각했지. 그럭저럭 아무 일이나 하면서 먹고살게 되겠구나. 열아홉 살이 되자마자, 다니던 맥도널드 매장 매니저가 되고 싶다고 정한 걸 생각하면 웃기기도 하고, 한편으론 슬퍼지기도 해. 진로라는 게 나한테는 그런 거였어. 내 손끝에 그나마 닿을 것 같은 걸 얼른 일단 움켜쥐는 것. 그게 내 적성에 맞는지는 나중에 생각할 일이고. 일단은 남들 하는 대로 대열에 합류하는 게 제일 중요했지. 적든 많든 매달 통장에 꽂히는 보장된 돈. 백수는 아니라고, 뭐라도 하고 있다고 말할 수 있는 직업. 일단 대열에 들어가고 나서, 이게 잘 맞으면 행운인 거고 아니면? 뭐, 그냥 버티고 사는 거지. 사람 사는 게 그렇지. 다들 그렇게 사니까.

부모님과 선생님들이 원하는 것도 비슷했던 것 같아. 일단은 전략을 짜서 최대한 이름 있는 학교 보내고, 마치 가성비 좋은 제품을 고르듯이, 취향은 배제하고 스펙으로만 따지는 거야. 그 스펙으로 구할 수 있는 최대치의 이름값이 구비돼 있고 안정된 직장을 구하게 하는 것이 목표고 사명이었지. 당연히 이해는 돼. 나라도 그랬을 거야. 한국처럼 치열한 경쟁 사회에서는 일단 얼마나 안정적으로 밥벌이할 수 있냐를 먼저 생각하게 되지. 자아실현이라든지, 적성 같은 건 먹고살 걱정 없어진 다음에 생각할 문제잖아. 부모님과 선생님의 잘못도, 아무것도 몰랐던 어린 우리의 잘못도 아니야. 근데 지금 생각해보면 확실히, 정말 확실히 어딘가는 잘못되어 있잖아.

그럼 이거는 누구의 잘못인 거니. 나는 그게 궁금했어. 얼떨결에 정신 차려 보니 어른이 된 우리가 행복하지 못한 것에 대한 책임은 도대체 누가 우리와 나눠 가질 수 있는 건지가.

내가 커서 어떤 모습으로 살고 싶은지에 대해, '안정권에 들어가서 주류로 살 수 있을지'가 아니고 '어떤 모습으로 사는 어떤 어른이 될지'를 고민해본 적이 있던가? 곰곰이 생각해봤거든. 전혀 기억이 안 나더라. 없었던 것 같아.

나는 스물다섯 살 때까지도 친구들이랑 술을 그렇게 먹고 그렇게 붙어 다녔으면서, 먹고사는 문제만 고민했지, 어떤 일 하면서 살고 싶냐는 이야기는 한 적이 없어. 스물다섯 살 때 배낭여행 다니던 중, 캄보디아 앙코르와트를 보던 마지막 날이었어. 삼륜 오토바이 뒤에 걸터앉아서 흙먼지를 보며 그때서야 생각을 하게 됐어.

내가 어떻게 살아야 하지. 나는 어떻게 해야 행복해질까.
나는 어떤 모습의 어른이 될까.
어떻게 해야 밥벌이도 하면서 행복할 수 있을까. 도대체.
벌써 스물다섯 살인데, 나 정말 어떡해.

그러면서 드는 생각은, 이런 걸 왜 어른이 되기 전에는 생각을 안 했을까. 이미 어른이 된 다음에 무슨 어른이 될지 고민하면 그게 무슨 소용이야. 안 하는 것보다야 낫다만, 더 일찍 생각해봤으면 좋았잖아. 안 그래? 생각을 할 수 있게 해줬으면 좋았을 텐데. 어린 생각을 틀에 가두지 않았다면. 세상에 다양한 삶의 방식이 있다는 걸 보여줬더라면, 한 번쯤은 어떻게 살지 진지하게 고민해봤을 텐데. 어른이 되기 전에. 이렇게 힘들어지기 전에.

30대 중반이 된 나는 아이를 낳을 생각이 없어. 사업이 꽤 적성에 잘 맞아서 재미있기도 하고, 무엇보다도 아직 자아가 불안정해서, 나 같은 사람은 엄마가 되면 안 될 것 같다는 생각이 들거든. 그래서 계획이 없어. 하지만 내가 생각이 바뀌어서 아이를 키운다고 해도 결코 한국의 정규교육은 시키지 않을 거야. 물론 좋은 점도 많고, 배운 것이 아예 없다고는 못하겠지만 어떤 틀에 가두고 지식을 주입하기만 하는 교육을 내 아이에게 물려주고 싶지 않아.

정규 교육을 12년을 받았는데, 난 고작 영어 한마디도 제대로 뱉지 못했지. 세상살이에 필요한 걸 배우진 못했어. 대신 기성세대가 부리기 좋은 사람으로 길들여지기는 했지. 규칙 잘 지키고, 단체생활 잘하고, 개성이 있더라도 틀 안에서만 적당히 튀는 정도의 그런 사람. 나는 멜버른에서 사는 지금도, 그런 사람에서 벗어나려고 부단히 노력하는 중이고 말이야.

그나마 다행이야. 어떤 어른으로 살고 싶은지를 이제라도 제대로 그릴 수 있어서. 남이 정해놓은 틀이 아니고, 내가 스스로 나한테 어울리는 삶이 어떤 건지 판단할 수 있어서. 많이 늦은 것 같지만, 그래도 안하는 것보다는 나은 거겠지? 앞으로 살아갈 날들은, 살아온 날만큼 많이 남아 있으니까.

#07

이상한
그리스식 약혼 파티

내가 멜버른을 사랑하는 가장 큰 이유가 뭔지 알아? 멜버른은 사람
으로 치면 그런 사람 같거든. 유별나게 튀는 것 같지도 않고, 무난
하게 모두에게 맞춰주는 듯 평범한데 알면 알수록 보통 사람이 아
닌 거야. 굳이 튀려고 하지 않을 뿐 넘치는 매력을 갖고 있고, 누구
와도, 어디에도 우아하게 어울릴 수 있는 사람. 셀 수 없이 많은 모
습을 가지고 있고, 마찬가지로 상대편의 어떤 모습도 모두 포용할
수 있는 큰 그릇을 가진 사람. 멜버른은 그런 도시야.

세련된 다문화사회가 어떤 곳인지 궁금하다면 멜버른을 찾아보면
돼. 한국에서는 '다문화'라는 단어에 부정적인 인식이 꽤 많은 것
같아서 놀랐어. 다문화라는 말이 왜곡되고, 사람들에게 반감을 사
고 있는 것 같더라. 마치 '페미니즘'처럼 말이야. 페미니즘이란 여

자와 남자가 동등한 권리를 가지며, 누군가가 성별로 인해 불이익이나 이익을 받는 것은 부당하다고 여기는 개념이잖아. 많은 사람이 그 뜻 자체에는 동의하면서도 정작 그 단어를 쓰면 불편해하더라고. 수많은 논쟁으로 왜곡되고 다른 의미들이 덧칠해지면서 이제 사람들이 페미니즘이라는 단어를 떠올릴 때마다 여러 가지 모습들이 함께 연상되는 거겠지. 그래서 불편함을 느끼는 것 같아.

'다문화'라는 단어도 마찬가지가 아닐까 싶어. '다양한 문화나 언어가 공존하고 서로를 존중하는 것'이란 본래 의미에 거부감을 느끼는 사람은 사실 많지 않을 거야. 하지만 막상 다문화라는 단어를 불편해하는 사람은 꽤나 많더라. 다문화사회는 안 된다고 딱 잘라 말하는 사람도 많이 봤어. 심지어 내 주위에서도 말이야. 한국이 너무 급작스럽게 다문화사회가 되어가면서 예기치 못한 부작용이 생기고, 안 좋은 사건들이 생기다 보니 다문화라는 단어의 의미가 많이 왜곡된 것 같아.

하지만 나는 문화는 다양하고 풍부할수록 좋고. 서로 포용할 수 있는 만큼 포용하는 것이 평화로운 길이라고 생각하는 사람 중 한 명이야. 나는 문화가 다양한 사회, 다른 문화에 대한 포용력이 높은 사회에서 더 행복하거든. 호주에서 직장생활을 하면서, 나는 다문화를 피부로 익힐 수 있었어. 추상적인 개념인 다문화주의를 아주 자연스럽게 배우면서 호주 생활을 무리 없이 할 수 있게 된 것 같아. 큰 직장에서 일할 때는 직원끼리 서로 마주칠 일이 별로 없어서 잘 느끼지 못했지만, 레스토랑에서는 팀이 작으니까 서로 부대끼게 되잖아. 그러면서 여러 문화를 배우게 되더라. 신기한 경험이었어.

도크랜드에서 일할 때는 팀이 40명 정도였는데, 대부분이 유럽에서 온 친구들이었거든. 그들과 어울리면서 한 번도 가보지 못한 유럽에 대해 호기심이 많이 생겼고, 문화는 가지각색이지만 비슷한 점도 많다는 걸 배웠어. 굳이 배우려고 하지 않아도 자연스럽게 섞이면서 문화를 나누게 되더라. 터키 친구가 너를 지켜줄 거라며 '이블 아이 펜던트'를 선물로 주기도 했고, 스코틀랜드에 있는 네시 호수의 '네시호의 괴물'을 보고 싶다고 무심코 한 말에 스코틀랜드 친구가 네시호의 괴물 열쇠고리를 선물해준 적도 있었어. 한국식 마늘빵을 먹고는 누가 여기다가 실수로 설탕을 뿌렸냐며, 끔찍한 맛이라고 해서 한참을 웃기도 하고, 인절미를 줬더니 이건 대체 언제 삼킬 수 있냐고, 혹시 껌이냐고 해서 웃기도 했지. 서로의 문화를 친절하게 가르쳐주고, 또 배울 수 있다는 걸 행운이라 여기고 감사했어. 매일 시야가 넓어지는 것 같았어.

그렇게 모두와 북적이며 재미있게 지냈지만, 당시 헤드셰프였던 나와 가장 친했던 건 매니저 조지였어. 조지를 어떻게 설명해야 할까. 누구라도 호감을 가질 수밖에 없는 매력 있는 중년의 남자, 나이를 먹을수록 멋있어진다는 드문 행운을 가진 남자야. 조지는 호탕한 웃음과 시원한 성격으로 남녀노소에게 인기가 많았지만, 행복하지 않은 결혼 생활을 하는 중이었어. 아내와의 불화가 심각했거든. 어느 정도였냐면 아내도 조지도, 각자 따로 연애 중이었을 정도였으니까. 생각해보면 나는 영어도 완벽하지 않고 호주 문화를 이해하지 못해서 상담에는 젬병이었을 텐데, 조지는 왜 그렇게 날 붙잡고 하소연을 했는지.

조지는 이민 1.5세대이고, 그리스 출신이야. 날 만나기 전, 주위에 한국인은 한 명도 없었고 한국 문화를 접해본 적도 없대. 한중일 세 나라의 차이점도 잘 모르더라. 나도 사실 그리스는 신화나 올림픽, 그리고 포카리스웨트 CF에 나오는 파란 집들이 즐비한 곳이라는 정도밖에 몰랐으니 딱히 할 말은 없지만. 음식에 관심이 많은 우리는 친해지면서 서로 음식을 교환하기 시작했어. 어느 날 내가 닭볶음탕을 해주면 조지는 그리스식 디저트를 가져왔고, 어떤 날은 김치와 그리스식 양젖 치즈를 교환했지. 그렇게 조지는 한국 문화에, 나는 그리스 문화에 점차 흥미를 가지기 시작했어.

그러던 어느 날, 회사가 갑자기 부도가 난 거야. 200명이 넘는 사람들이 일자리를 잃었어. 회사에서 취업 비자를 받고 있던 나와 한 가정의 가장이었던 조지도 큰 타격을 입었지. 나는 스페인으로 갈까 하고 비행기까지 알아봤었어. 비자와 직장을 동시에 잃었으니 충격이 컸지. 호주 생활이 끝났다고 생각했었으니까. 그렇게 우리는 뿔뿔이 흩어졌고 각자의 길을 찾아서 걸어가게 됐어. 다행히 나의 호주 생활은 끝나지 않았고 더 좋은 기회가 생각보다 금방 찾아와줬어. 조지도 금방 좋은 곳에 일자리를 잡고 이혼까지 했지. 각자의 삶을 살면서도 조지는 나의 호텔 취업, 수다 창업 등에 누구보다 기뻐해줬어. 이민자의 아들로서 많은 고생을 한 조지는 이민을 준비하는 나에게 격려와 조언도 아끼지 않았지.

작년 어느 날, 뜬금없이 찾아와서는 약혼한다고 하더라. 진심으로 축하를 전했어. 네가 마침내 행복을 찾아서 너무 기쁘다고, 축하한다고 조지를 안아주는 내게 조지가 말했어.

그래서 말인데, 네가 내 약혼 파티를 준비해주면 안 될까?
한국 스타일로! 내 친척들은 다 그리스 촌사람들이라
한국음식을 모르거든. 내 약혼 파티 때 소개해주고 싶어.
너는 내 친한 친구고 너는 한국인이니까.

한국인이 주최하는 그리스식 약혼 파티를 하면 어떨까 싶어서.

네가 해주면 나한테는 정말 큰 의미일 것 같아.

둘이 마주 보고 마구 웃었어. 다 그리스 사람들이냐고 물었는데, 대답은 더 놀라웠어. 신부 쪽은 영국계 호주인들이래. 그런데 대체 왜 한국 식당에서 한국의 핑거 푸드로 파티를 하겠다는 거야? 조지가 시원하게 대답했어.

왜냐고? 여기는 멜버른이니까!

멜버른에 사니까 할 수 있는 걸 이용해야지, 안 그래?

한국의 베스트프렌드가 주최하는

내 그리스식 약혼 파티를 한국 레스토랑에서

내 호주 신부와 함께 하는 것만큼 멜버른스러운 게 어디 있어?

우리는 대단한 다문화 도시에서 살고 있으니까!

그렇게 나는 조지, 그리고 조지의 약혼녀 케이티와 함께 모두의 문화가 두드러지는 파티를 계획했어. 케이티가 멜버른 야라밸리에서 그 지역의 와인을 공수해오고, 조지의 이모가 그리스 전통 케이크를 디저트로 구워오고, 나는 맛이 너무 생소하지 않은 한국음식으로 핑거 푸드를 준비했지.

드디어 그날이 왔어. 내 작은 레스토랑에서의 소박한 약혼 파티는 정말이지 너무하지 않나 싶을 만큼 예뻤어. 3대에 걸친 영국 출신, 그리스 출신의 두 가족이 모여서 웃고 즐기는 모습은 정말 유쾌하고 예뻤어. 사진작가인 수빈이도 정말 사진 찍을 맛이 난다며 신나게 셔터를 누르더라. 나까지 눈물이 날 정도로 조지는 행복해 보였어. 모두가 진심으로 파티를 즐기고 케이티와 조지의 미래를 축복해줬거든. 이런 날들을 보기 위해서 내가 가게를 하는구나 생각이 드는 순간이었어.

내 레스토랑에 이렇게 말하긴 좀 쑥스럽지만, 안 그래도 예쁜 가게인데 테이블을 싹 치우고 파티장으로 꾸며놓으니 정말 예쁘더라. 모두의 웃음소리, 와인 잔이 부딪히는 소리, 노랫소리, 재잘거리는 말소리……. 그 모든 소리가 어우러지는 작은 공간이 정말 따뜻해 보였거든. 사랑이 가득 찬 공간 같았어.

무엇보다도, 이 멋진 도시 멜버른처럼 내 레스토랑도 포용력 있고 넉넉한 곳이구나 하는 생각이 들어서 좋았어. 누구도 배척하지 않고, 모든 문화와 어우러질 수 있는, 그런 멜버른스러운 곳에서 내 친구 조지에게 멋진 약혼 파티를 열어줄 수 있어서 얼마나 기뻤는지 몰라.

다문화주의가 자연스러워진 곳에서 산다는 게 이런 거구나 하고 다시 한번 깨닫게 된 하루였어. 한국에 있던 8년 전까지만 해도, 내가 이런 풍경을 만들어낼 수 있으리라고 상상이나 했겠어? 아무것도 할 수 없을 줄 알았던 내가, 이런 순간에 보탬이 되었다는 것만으로도 나는 세상에 불평을 하면 안 될 것 같더라. 문화 간의 벽이 허물어지고, 서로의 문화를 받아들이며 새로운 경험을 해나가는 자리에 내가 있다는 게 너무나 행복했어. 조지와 케이티만큼이나 아마 나에게도 오랫동안 기억에 남을 날이겠지.

파티가 끝나고, 조지의 이모가 직접 만든 그리스식 디저트를 우리에게도 선물로 주셨는데, 솔직히 입에 맞진 않았어. 하지만 재미있잖아! 이곳 멜버른에는, 경험할 수 있는 문화에 한계가 없다는 게 정말 재미있어.

한국 음식을 처음 먹어봤다는 조지의 친척들은 멜버른 사람들이 아니라서 가게에 또 방문하지는 못했지만, 조지를 통해서 내게 시드니에서 먹어볼 만한 한식 레스토랑은 어디가 있는지, 김치는 어디서 사는지 등을 묻곤 했어. 난 그때마다 기쁜 마음으로 인터넷을 열심히 뒤져 답변을 전했지. 조지와 케이티는 원래 영국으로 신혼여행을 떠날 예정이었는데, 아시아로 가는 건 어떨까 하고 의논하는

중이래. 한국과 일본으로 가게 된다면 내가 일정을 완벽하게 짜줘야 할 거라며 뻔뻔하게 요구하더라고. 알았다고 했지, 대신 그리스식 만찬을 대접해야 할 거라면서!

다문화라는 것에도 장단점이 있어. 세상 모든 일이 그렇듯이 말이야. 세상의 모든 일에는 장단점이 있기 마련인데, 흑백논리로 좋다, 나쁘다 가를 수는 없을 것 같아. 다만 나는 단점보다는 장점을 더많이 봐왔고, 우리의 삶을 피곤하게 하는 점보다는 풍요롭고 윤택하게 하는 점이 더 많다는 걸 겪었기 때문에 다문화주의를 지지해. 내가 한국을 떠날 때만 해도 다문화가정이나 다문화사회라는 말이 흔하지 않았어. 어느 순간 갑자기 많이 들려오기 시작하고, 정부에서 급하게 정책을 만들고 있다는 느낌이 들더라. 국제결혼, 외국인 근로자의 증가 때문에 정책부터 급하게 만들어진 거겠지. 한국 문화에 자연스럽게 스며들어 익숙해지기 전에 말이야.

호주도 지금에야 다문화주의가 자연스럽게 자리 잡았지만, 이렇게되기까지 한국과 비슷한 갈등을 겪었거든. 금광의 발견으로 외국인 근로자들이 대거 유입됐고, 그들의 경제 장악에 위기감을 느낀 정부가 백인 우선 정책을 만든 지 고작 수십 년밖에 지나지 않았어. 아직까지 백인우월주의를 가진 사람도 당연히 있고.

한국은 아주 오랜 기간 단일민족이었던 나라고, 역사가 짧은 호주보다 더 애국심과 소속감이 강하기 때문에 다문화주의가 완전히 자리 잡으려면 많은 시간이 필요하지 않을까 싶어. 사실 지금은, 다문화주의가 싫어도 받아들일 수밖에 없는 시대잖아. 나는 다른 문화를 수용한다고 해서 우리의 색이 옅어질 거라곤 생각하지 않아. 한국 문화에 매력을 느끼는 세계인들이 얼마나 많은데.

다문화란 자연스럽게 나의 것을 알려주고, 또 다른 사람의 것을 배우며 서로의 문화를 풍부하게 만드는 개념이야. 문화란 땅따먹기처럼, 네 것이 들어와 내 것을 밀어내는 게 아니니까 말이야.

말처럼 쉬운 일만은 아니란 건 알아. 사실 다문화에 대한 모든 갈등을 잠식시키고 포용력 있는 사회를 만들려면, 구성원 모두가 먹고 살 만하다는 전제가 깔려 있어야 하니까. 자원은 한정되어 있는데 밥그릇 싸움하지 말고 서로 감싸라고 떠들어봐야 의미 없다는 건 잘 알아.

그래도 우리 젊은 세대들이 사회의 중추가 될 시대가 금방 올 거고, 그때 우리가 더 열린 마음으로 좋은 문화를 만들어나가려면 이런 고민들이 선행돼야 한다고 생각해. 당장 내일 변화할 수 없다고 포기하고 손 놓고 있는 것보다는, 열심히 고민하고 토론하고 더 나은 방향으로 살아가려고 노력하는, 뭐 그런 거.

말하는 대로 쉽게 이루어지지는 않겠지만 말이야.

#08

한 마카오
여자 이야기

나이에 맞게 사는 게 보기 좋다는 말이 있잖아. 앞에서도 말했지만, 나는 그 말을 끔찍하게 싫어해. 모든 사람은 각자의 색깔이 있는데, 그 많은 사람들을 나이로 잘라서 뭉뚱그려 묶어놓고 '어울리는 삶'을 강요하는 통념은 정말이지 이상해.

그리고 그게 내가 좋아서도 아니고, 남들의 시선을 위해서라는 이유는 더 납득하기 힘들어. 그래서 나이와 상관없이 자아를 지키며 자연스럽게 살아가는 사람들을 보면 참 보기 좋다는 생각이 들지. 이번에는 나와 아주 가까운 지인 중, 그렇게 사는 사람의 이야기를 해볼까 해. 멜버른에서 내가 가장 처음 사귄 친구인 조니의 이야기야.

조니는 마카오에서 왔어. 조니는 호주에서 동양인을 거의 찾아볼 수 없었던 시대의 초기 이민자이며, 싱글맘이자 갓난아기 손자가 있는 초보할머니이자 은퇴를 앞둔 60대 후반의 전문직 여성이야. 호주에서 내가 가족이라고 여기는 몇 안 되는 사람 중 한 명이기도 하고. 조니는 내 친구들 중 가장 나이가 많고, 가장 용감하고, 똑똑한 사람이야.

내가 조니를 처음 만났던 건 워홀 때였어. 벌써 8년이 지났네.

워홀 기간이 반 정도 지났을 무렵, 나는 유학을 해야겠다는 마음을 굳히고 돈을 마련하기 위해 일주일에 70시간씩 알바를 하고 있었거든. 조니는 내가 저녁 알바를 하던 레스토랑의 단골손님이었어. 조니는 주말이면 가족과 함께 한국음식을 먹으러 왔어. 영어가 서툴던 나는 조니와 아주 기본적인 안부만 주고받으며 몇 달을 보냈어. 그러다가 우리가 처음으로 대화하게 된 건, 조니가 들고 있던 한국어 교재 덕이었어. 한국어를 배우고 있다며, 아직은 기초반이지만 한국드라마와 영화를 보며 열심히 연습하고 있다는 거야. 우연히 〈왕의 남자〉를 보고 이준기한테 푹 빠졌다고, 한국드라마에 빠져서 일상생활이 어려울 정도라며 웃는 조니가 나는 너무 귀여웠어.

우리 서로 영어와 한국어를 가르쳐주면 어떨까, 하고 조니가 내게 제안했고, 그렇게 나는 조니와 주기적으로 만나게 됐어. 공원에 앉아서 한국어를 물어보며 눈을 반짝이는 조니가 난 너무 귀여운 거야. '나는 올해 몇 살입니다'라는 표현을 연습하는 단계에 와서야 나는 조니가 우리 엄마보다도 훨씬 나이가 많은 할머니란 걸 알았어. 나도 모르게 엥? 말도 안 된다며 몇 번을 다시 확인했지. 대부분의 사람들은 활동적이며, 호기심이 넘치는 장난꾸러기 조니를 보고 40대라고 생각하거든. 옷도 트렌디하게 입고 말이야. 조니는 전형적인 할머니 스타일의 옷은 절대 입지 않아. 머리를 예쁘게 염색하는 일도 소홀히 하지 않고.

조니는 멜버른에서 가장 명문으로 꼽히는 고등학교의 사서였어. 책을 좋아하는 조니와 나는 공통점이 많았어. 가끔 조니가 일하는 도서관에 놀러가기도 했는데, 오랜만에 책들에 둘러싸여 있으면 기분이 편안해지곤 했어. 죄다 영어책이라 그림의 떡이긴 했지만. 조니에게는 나보다 다섯 살이 많은 딸이 한 명 있어. 조니의 딸 리사는 조니가 일하는 학교에서 최우수 성적으로 졸업했고, 호주 전역에서 다섯 손가락 안에 드는 전염병 분야 전문의가 됐대. 조니가 어느날, 뜬금없이 말했어.

앨리스, 너 이민 와. 올 수만 있으면. 꼭 왔으면 좋겠어.

나는 네가 자유롭고 행복하게 살았으면 좋겠어.

그날, 저 말을 시작으로 굉장히 긴 시간 동안 조니의 이민 이야기를 들었어. 30년이 넘은 아주 옛날이야기부터 말이야.

30대가 돼도 철딱서니 없는 나와 비슷했던 옛날의 조니는, 그 시절 별종 취급을 받았어. 마카오 명문가였지만 사업으로 몰락해버린 조니네 집안은 실속은 하나도 없이, 명문가라는 체면과 자부심만 남아서 허세만 떠는 빛 좋은 개살구 같은 집이었다고 해. 어릴 적부터 유별나게 자유로운 성향이었던 조니는 결코 얌전한 규수로 앉아 있다가 시집갈 생각은 없었어. 세상이 너무 궁금했다고. 그 시절에 수영복을 입고 스킨스쿠버 강사를 했다니, 말 다한 거잖아. 조니를 가문의 수치 정도로 여기는 집안과 그럴수록 더 멀리 도망치고 싶어 하는 조니 사이에는 매일 엄청난 긴장이 흘렀고, 조니는 빨리 집을 벗어나고 싶어서 결혼도 빨리 하고 싶었어. 그때는 여자가 집에서 가장 쉽게 벗어날 수 있는 방법이 결혼이었으니까.

몇 없는 여자 스쿠버다이버로 바다를 누비던 조니는, 그 바다 위에서 해군 장교를 만나서 사랑에 빠지게 돼. 사람이 그렇잖아, 나랑 정말 비슷하거나 아예 정반대인 사람한테 끌리고. 그래서 대대로 장교 집안이었던 집의 후계자답게, 뼛속까지 군인 같은 남자에게 완전히 반해버린 거야. 연애부터 결혼까지 급속도로 진행됐어. 어쨌든 당시 조니의 소원은 하루라도 빨리 지긋지긋하고 답답한 집에서 벗어나는 거였으니까.

막상 결혼을 해보니, 웬걸. 친정집 감옥은 양반이었네. 군인 집안 특유의 엄격함과 보수적인 성향이 말로 표현할 수 없을 정도였고, 모두가 조니를 별종 취급하고 우습게 볼 뿐 제대로 된 사람 취급을 해주지 않더래. 거기다가 남편은 해군 장교잖아. 삶의 절반 정도를 바다에서 보내는 사람이니까, 집안 사람들로부터 조니를 지켜줄 수 없었겠지. 그리고 서로 완전히 다르다는 건 양날의 검 같은 거잖아. 연애 초기에는 엄청난 매력이었지만, 콩깍지가 벗겨진 후에는 치명적인 독이었겠지.

조니에게는 짧은 결혼 생활 2년이 인생 통틀어 가장 암울하고 우울한 시기였어. 조니네 엄마가 저녁 식사 자리에 오면 시어머니는 말한 마디도 안 걸고 투명 인간 취급을 할 만큼 사람을 깔봤어. 결국 조니는 이혼하기로 마음먹고 이미 호주 영주권자였던 남편에게 호주 영주권을 신청해달라고 부탁을 했어. 호주로 여행을 가고 싶다고. 다짜고짜 관심도 없던 호주 영주권을 달라고 하면 의심해볼 법

도 한데, 언제나 진지하고 과묵하게 로봇처럼 할 일을 하던 남편은
이유도 묻지 않고 조니가 원하는 영주권을 발급받아줬어. 어느 날,
시어머니의 무시와 횡포가 극에 달해서 조니의 (아마도 시대를 너무
앞서갔을) 옷들을 다 내다 버린 날, 조니는 빈손으로 비행기를 탔어.
한 번도 가본 적 없는, 호주라는 나라로 가는 비행기를.

조니는 비행기에 내려서 친구들의 도움으로 임시로 일할 수 있는 일
자리도 찾고 친구들과 집도 함께 구했대. 호주는 운전이 꼭 필요한
나라니까, 운전도 배우면서 적응을 하고. 여기도 사람 사는 데구나,
어떻게 잘하면 여기서 살만하겠다고 느낀 게 호주에 온 지 한두 달
이 지난 후였대. 그런데 그때 알게 된 거야. 자기가 임신 중이란 걸.

바다를 사이에 두고 지루하고 처절한 싸움이 시작됐어. 이혼소송과
양육권 분쟁. 아무것도 가진 것 없고 모든 면에서 더없이 불안한 조
니와 모든 걸 갖춘 완벽한 전남편. 그 둘의 싸움은 무려 3년이나 지
속됐고, 전남편이 결국 질려서 포기할 때까지 조니는 거의 악에 받
쳐 살았어. 그렇게 조니는 호주에서 살게 되었고, 다시는 마카오로
돌아가지 않았어.

심지어 가족을 보러 가지도 않았대. 대신 조니는 이혼녀이며 정숙

하지 못한 딸을 가장 부끄러워했던 엄마를 호주로 모셔왔고, 마카오에서 자리를 잡지 못한 남동생도 호주로 불렀어. 지금은 여동생을 제외한 모든 가족들이 조니를 따라와 호주에서 살고 있어. 호주에서 사는 동안 조니는 겁도 없이 덜컥 가게를 열기도 했고, 경찰관으로 일하기도 했으며, 회계를 공부하기도 했어. 도서관 사서 일을 시작한 건 15년 전이고, 아직도 그곳에서 일하는 중이야.

조니는 지독한 인종차별과 가난, 외로움을 어떻게 견뎠을까. 그 당시는 백인우월주의가 강하던 시대였고 지금처럼 성숙한 다문화주의가 정착되기 전이었거든. 조니가 좋아하는 양념치킨에 맥주를 곁들이던 어느 날 밤, 조니에게 호주에 온 걸 후회해본 적은 없냐고 조심스럽게 물었어. 그때 조니는 나한테 이런 이야기를 해줬어.

앨리스, 우리 엄마는 이제 여든이 넘었어.
너도 알다시피 작년에는 무릎관절이 안 좋아서 수술을 받았잖아.
그런데 내가 엄마를 운동시키고 재활시킬 시간이 어디 있어.
나도 직장인인데. 그래서 정부에서 일주일에 한 번씩
우리 집으로 물리치료사를 보내서 엄마의 재활을 도와줘.
영어를 못하는 엄마를 위해 중국어 통역사도 함께 보내주지.
그래서 나는 다리가 불편한 엄마를 두고 직장에 출근할 수 있어.

내가 마카오에서 내 딸 리사를 지금의 리사로 키울 수 있었을까?
리사를 똑똑하고, 당당하고, 본인의 목소리를 낼 줄 아는
최고의 의사로 키울 수 있었을까? 장담컨대, 아마 아니었을 거야.
여자아이답게 목소리를 낮추고, 겸손하라고 가르쳐야 했겠지.
물론 힘들긴 했지만, 싱글맘으로서 리사를 모자람 없이
키울 수 있었던 것도 호주니까 가능했다고 생각해.
마카오였다면, 싱글맘인 내가 그 나이에 제대로 된 직장을
구해서 내 딸을 의사로 교육시킨다는 건
하늘의 별 따기였을 테니까.
내가 내 딸에게 새로운 세상을 줄 수 있었던 건
그때 내가 호주행 비행기를 탔기 때문이야.
그래서 나는 한 번도 후회를 해본 적이 없어.

진지하게 나에게 자신의 이야기를 들려주는 조니의 마음이 전해졌어. 내가 누린 자유와 행복을 너도 누렸으면 좋겠다며 내 행복을 바라는 진심이.

내가 레스토랑을 연 날, 조니와 조니의 엄마는 함께 울어줬어. 고생한 우리가 기특하고 자랑스러워서. 내가 이민을 결정하고, 여기까지 올 수 있었던 건 아마 조니가 있었기 때문이겠지. 조니가 내게

들려준 많은 이야기들이 순간순간 나를 지탱해주는 힘이 돼줬어.

내가 이민 이야기를 쓰고 있다고 말하며 조니, 네 이야기를 글로 써도 돼? 하고 묻자 조니는 기뻐하며 흔쾌히 허락해줬어. 한국을 좋아하는 조니에게는 자기 이야기가 한국에 있는 청년들에게 전해지는 게 너무 신기하다며, 한국에 친구들이 생기는 것 같다고 좋아했어. 한국 여행을 계획하고 있는 조니는 자신의 이야기를 읽어준 친구들을 혹시 만날 수 있지는 않을까, 하며 설레는 마음을 감추지 못했어. 나는 깔깔 웃으며 그런 일은 없을 거라고 했지만 듣는 것 같진 않더라.

올해 예순여덟 살인 귀여운 내 친구 조니는 이번 일을 계기로 더 열심히 한국어를 연습해야겠다며 굳게 다짐하고, 보이지도 않는 친구들에게 손을 흔들며 몇 번이나 인사를 연습했어.

안녕하세요. 저는 조니입니다. 마카오 사람입니다.
한국 친구들을 만나서 반갑습니다.

#09

나와
닮은 너에게

호주에 오면 여자들은 보통 살이 쪄. 이 말이 나오면 꼭 쌍둥이처럼 끌려나오는 말이, 호주가 섬나라라 음기가 강해서 여자들이 살이 찐다는 거야. 그런데 이건 태국에서도, 필리핀에서도 들은 말이야. 그래서 별로 신빙성이 안 느껴져. 그냥 여자들이 해외생활에 비교적 더 적응을 잘하기 때문에, 그리고 음식 칼로리가 높아서 그런 거라고 생각해.

워홀 때부터 내 가게를 열기까지 7년 동안, 난 원래 활동량보다 훨씬 많이 움직이면서 살아야 했거든. 당연히 살이 안 쪘지. 그런데 내 가게를 하면서 스트레스를 받아서인지, 만날 술을 먹어서인지, 눈 깜짝할 새에 8킬로그램이 불은 거야.

그래서 생전 처음으로 다이어트에 돌입했어. 난 직업상 꾸미기도 힘들고, 원래부터 외모에 별로 관심이 없다 보니 좋게 말하면 자연스럽고, 나쁘게 말하면 후줄근했거든. 요리사니까 네일아트나 액세서리도 못하고, 머리도 질끈 묶기만 하고 다녔지. 옷도 그냥 티셔츠, 아니면 유니폼. 그런데 살까지 쪄서 옷이 안 맞으니까 나 자신이 너무 초라해지는 거야. 몸이 무거워지니 일할 때 피곤하기도 하고. 그때 우리 가게에는 태권도 선수들이 많았어. 그 친구들에게 조언을 구했지. 운동하는 애들은 다이어트가 인생의 과업이다 보니, 여러 가지 꿀팁을 많이 알더라고. 그중에서도 제일 먼저 내 귀에 들어온 게 뭔지 알아?

초반에 무조건 어느 정도 성과를 내야 한다는 거야. 초반에 성공하는 게 중요하다고. 첫 2주간, 혹은 첫 달에 성과를 내지 못했다면 망한 거래. 그 성공이 이번 다이어트의 성공은 물론이요, 앞으로 내가 할 모든 다이어트라는 싸움에서 심리적인 우위를 선점할 수 있게 해준다는 거야. 첫 2주간 살이 빠지고 내가 변하고 있다는 게 눈으로 보여야만 그게 내가 앞으로 나아가는 힘이 된다고. 그 이야기를 듣고 내가 무슨 생각을 했는지 알아? '나는 할 수 있어 뇌'와 '나는 할 수 없어 뇌'가 설정되는 원리, 그런 게 있는가 보다, 하고 엉뚱한 생각을 했어.

어딘가에서 본 글이 떠오르더라. 그 글을 보면서도 나는 같은 생각을 했거든. 서울대에 들어갔다는 것, 그건 그 자체만으로도 물론 대단하지만 그 이상으로 무서운 게 있대. 서울대에 들어갔다는 사실이 주는 심리 작용. 그게 더 무섭대. 한국 최고의 대학교라는 목표를 이뤘다는 건, 심리적으로 크게 작용해서 앞으로도 성공할 가능성을 높인다더라. 성인기 초반에 원하는 것을 얻는 성공을 맛본 사람은, 내가 노력하면 내가 원하는 걸 얻을 수 있구나, 노력하면 안 되는 건 없구나 자연스럽게 자신감이 생긴다는 거야. 그게 무서운 거지. 숨어 있던 잠재력까지 모두 끌어내니까.

그런 식으로 더 높은 곳에 겁 없이 도전하게 되고, 안 된다고 쉽게 움츠러들지 않고, 또 더 높은 곳을 바라보는 게 자연스러워진대. 당연히 성공할 가능성은 높아지겠지.

첫 직장과 입시, 첫 대학생활, 반수, 사회생활, 인간관계.

줄줄이 실패하거나 포기한 나는 그 심리가 딱 그 반대로 작용했다는 생각이 들었어. 한 번, 두 번 뒷걸음질할 때마다 움츠러들면서 나는 어차피 안 될 거라고 생각하는 게 자연스러워졌어. 내가 뭘 할 수 있고, 뭘 좋아하는지는 점점 뒷전이 돼갔어. 나를 받아주는 회사라면 무조건 감지덕지하고 들어가야지 싶고, 내가 좋아하는 일을 찾는 것 자체가 사치처럼 느껴졌어. 누가 나 같은 애를 받아줄까 싶은데 적성이나 내 흥미까지 따지게 되면, 안 그래도 볼품없는 내 스펙에 '까다로움'이라는 문제까지 생기는 거잖아. 그래서 언젠가부터, 내게 무엇이 유리한지 따져보는 걸 관두게 됐어. 나는 진짜 한계까지 몰아붙여 노력하고 있는데도 모자란 것 같고, 나만 아웃사이더 같고, 그렇게 살다 죽을 것 같은 느낌을 아무리 발버둥 쳐도 떨쳐낼 수가 없는 거야.

그래, 그놈의 '노오력'은 얼마든지 더 할 수 있는데, 이 노력이 사회에서 보상을 받을 것 같지가 않더라. 티끌은 모아봤자 티끌이고, 알바는 열심히 해봤자 끝까지 알바몬이야. 내 딴에는 악을 쓴다고 해보는데 그런다고 변하는 건 없었어. 한두 번 넘어져도 진짜 열심히 사는 사람들한테는 기회가 주어지는 게 세상의 이치라 믿었는데, 나한테도 언젠간 기회가 올 줄 알았는데, 오지 않더라고.

어느 순간 나는 내가 전혀 원하지 않은 결과인데도 '나한테 이 정도면 나쁘지 않아'라고 생각하게 됐어. 꿈을 더 이상 꾸지 않게 됐어. 내가 대단한 사람이 되지 않으리란 걸, 평균 이하의 삶을 살게 될 가능성이 높다는 걸 어렴풋이 깨닫게 되고 난 후에는 내 미래에 대해 기대를 해본 적이 없어. 기대하지 않으면 실망도 안 하니까, 나름대로 스스로를 보호하는 방법이었어. 싸워보고 싶은 마음을 접고 나니까 무기력증이 찾아왔어. 내 탓이지 누구를 탓하겠어. 내가 더 죽자고 열심히 하지 않은 탓, 학생 때 이 악물고 공부하지 않은 탓, 특별한 재능이 없는 탓, 금수저 물고 태어나지 않은 탓, 내 탓일 뿐이야. 이런 비참한 자괴감과 함께 대상을 알 수 없는 분노가 커지면서 우울함도 커졌어. 그리고 그때의 나는, 그 우울함에 정면으로 저항할 용기도 없었어.

그때 할 수 있었던 최선의 도피가 호주로의 위홀이었어. 적은 초기 자금을 가지고도 1년이나 한국에서 벗어나 있을 수 있으니 얼마나 좋아. 영어를 배워서 취업한다는 허울 좋은 구실도 있고. 물가는 높다지만 상대적으로 시급도 높다고 하니 부지런하게 움직이면 굶어 죽진 않을 거라고 생각했지. 호주가 한국보다 내게 살기 좋은 나라일 거란 기대는 없었어. 조건과 상황을 냉정하게 대입해보면 호주에서 내 스펙은 훨씬 안 좋으니까. 아시안에, 어린 여자에, 외국인에, 영어도 한마디 못하는 내가 여기서 잘 풀릴 리는 없고. 그저 1년 동안 도망쳐 있다가 여행이나 하는 게 목표였지.

호주에 와서 내가 한 일은 딱 하나였어. 한국에서 하던 대로 살기.

즉, 알바는 많이 하고 돈은 최대한 안 쓰기. 그런데 신기하게도 정신 차려 보니 어느 순간 내 수중에 목돈이 들어와 있는 거야. 호주 달러 환율도 엄청 높았을 때였거든. 난 내가 돈 모으는 재미를 안다고 생각했었는데, 시급 5,000원씩 받아서 모으는 거는 재미도 아니더라. 비교가 안 돼. 그렇게 통장 숫자가 차곡차곡 올라가는 걸 보며 본능적으로 어떻게든 여기 남아야겠다고 생각했던 것 같아. 몸은 정말 죽을 만큼 힘들어도 내 고생이 정당한 보상으로 돌아오는 게 눈에 보이니까, 고생해도 고생처럼 느껴지지 않았어.

혹시 이곳에서라면, 열심히 살면 조금은 나아지지 않을까, 기회가 오지 않을까 기대를 품게 됐어. 다행히 그 기대는 현실이 되었고 나 같은 사람에게도 기회가 온 거야. 감사하게도.

죽도록 힘들었던 유학을 마치고 일하던 레스토랑에서 헤드셰프로 진급했을 때, 크라운호텔 조식 파트 담당자 자리를 두고 호주 남자들과 경쟁해 채용이 확정되었다는 소식을 들었을 때, 유학 때부터 직장생활하면서 안 먹고, 안 입고 모은 돈으로 내 레스토랑을 계약하고 열쇠 꾸러미를 받았을 때.

나는 그때마다 생각했어. 나는 똑같이, 아니 한국에서는 훨씬 더 치열하게 살았는데 왜 여기서는 되고 한국에서는 안됐지? 한국에서는 왜 그렇게 단단한 철벽이 나를 막아서고 있는 것 같았을까. 만약 한국이었다면, 열심히 산다고 해서 내가 이런 보상을 누릴 수 있었을까?

그때 나는 모든 게 내 탓은 아니었음을 깨달았어. 물론 모든 걸 사회구조 탓, 혹은 덕으로 돌릴 수는 없지만, 사회구조의 영향이 아주 크단 걸 느꼈어. 내가 느꼈던 분노가 그저 내가 남 탓밖에 모르는 한심한 못난이였기 때문이 아니란 걸, 어떤 이유가 있었단 걸 느꼈어. 전부 다 내 잘못은 아니었어. 내가 어차피 해봐야 안 되는 애라서가 아니었어. 나와 맞지 않는 환경과 사회구조가 가장 큰 문제였던 거야.

다른 환경, 다른 사회에서 만난 나는 내가 알던 내가 아니었어. 내가 몰랐던 게 너무 많더라. 내가 유학을 끝까지 마칠 줄 누가 알았겠어. 난 뭐 하나 끝까지 마무리 짓지도 못하고 만날 포기하는 애였거든. 내가 키친에서 열네 시간씩 일할 수 있는 강단과 체력이 있는지도 몰랐고, 이렇게나 에너지가 있는 사람인지, 음식 플레이팅에 소질이 있는지도 몰랐어. 내가 사업을 할 배짱이 있을 거라고는 정말 상상도 못했어. 나는 나에 대해서 모르고 있는 게 너무 많았어.

한국에서는 내가 가진 장점과 능력을 꺼내볼 일이 없었어. 그래서 내가 예쁜 보석들도 간직하고 있다는 걸 몰랐던 거야.

어릴 때의 잇단 실패와 포기로 인해 '나는 할 수 없어 뇌'로 바뀌었던 게 아닐까 자주 생각해. 내 뇌는 늘 내게 안 된다고만 했어. 너는 조직생활은 못 할 거야, 어차피 끝까지 하지도 않을 거 시작해서 뭐 해, 네 재주는 너무 시시해, 너는 의지박약이라 안 돼…….

다행히도 호주라는 새로운 환경, 또 내게 맞는 요리라는 일이 생각을 바꾸는 계기가 되었고, 몇 가지 작은 목표를 이루면서 내 뇌도 천천히 변하고 있는 것 같아. '나도 할 수 있어 뇌'로 말이야.

그때의 나와 닮은 네가 어딘가에서
이 글을 읽고 있는 모습을 상상하며,
그때의 나처럼 고단한 청춘 어딘가에서
무기력함을 느끼고 있는 너를 상상하며
하고 싶은 말들을 쓰기 시작했고 1년이라는 시간이 흘렀어.
지금의 네게, 그때의 내게
하고 싶은 말이 이렇게 많을 줄은 나도 몰랐어.

그리고 이 긴 글 끝에 내가 결국에 하고 싶었던 말들은 이거였던 것 같아. 나 같은 사람도 알고 보니 무언가를 가지고 있더라. 너는 분명히 나보다 더 대단한 무언가를 가지고 있을 거야. 아직 발견하지 못했을 뿐이야. 아직 발견하지 못했다고 해서, 아무것도 없다고 생각하지 말자. 숨겨진 재산이 있는데 모르고 죽는 건 너무 아깝잖아. 언젠가 현실과 타협하더라도, 혹시나 하는 마음을 버리지는 말자.

굳이 이민 같은 극단적인 방법일 필요는 없어. 너를 발견하고 싶다면 널 둘러싸고 있는 환경을 의도적으로 바꿔보거나 다른 작은 도전들을 해야 해. 사소한 일이라도 계속 도전하고 변화해보자. 그 도전 때문에 네가 세게 넘어지고 힘이 다 빠졌다고 해도 게임이 끝난 건 아니야. 계속 일어나서 걸어야 하잖아. 좋든 싫든. 인생은 엄청 짧지만, 또 엄청나게 길고 계속 이어진다는 걸 기억하기. 너무 빨리 찾아오는 '나는 안 될 거야'라는 생각에 저항하기.

네 뇌는 이제 막 사회에 발을 디딘 네 실패와 포기를 이용해 널 혼란스럽게 만들 거야. 기대에 실망하고 상처받을 너를 보호하기 위해 끊임없이 말할 거야. 너는 특별하지도 않고, 그래서 원하는 걸 가질 수도 없다고. 그러면 너도 수긍하게 될지도 몰라. 하지만 그렇게 너무 쉽게 속아 넘어가지는 말자.

에필로그

2018년도 벌써 반이 지나갔어.

나는 올해 호주 나이로는 서른네 살, 한국 나이로는 서른여섯 살이 되었고 호주 생활은 햇수로 10년 차야. 참 오랜 시간을 내가 태어나지 않은 땅에서 떠다녔어. 뿌리를 내린 것도, 안 내린 것도 아닌 상태로.

한국에서 성인까지 자란 사람으로서 호주 사회에 적응한단 것은 꽤나 복잡했던 것 같아. 한국에서 나는 '한국인이면서 왜 그래?'라는 말을 참 많이 들었거든. 김치나 된장을 좋아하지 않는다거나, 수직적인 위계질서에 경기를 일으키고 당연한 듯한 통념에 이의를 제기하거나, 애국심이 그다지 투철하지 않아 한일전 같은 경기에 관심이 별로 없는 나를 볼 때마다 '넌 참 한국 사람 같지 않다'는 말을 다들 참 많이 하더라.

그런데 호주에서의 나는 '넌 한국 사람이라 그렇구나'라는 말을 들어. 매운 걸 좋아하고 잘 먹는 나에게, 호주 친구들과 달리 윗사람에게 예의를 차리는 나에게, 일할 때 가장 부지런한 나에게, 사진을 찍을 때면 손을 가만히 두지 못하고 브이라도 그리는 나에게 호주 친구들은 'You are so Korean'이라고 말해. 너는 한국인이라서 이렇다거나, 저렇다는 말을 들을 때마다 생각했어.

한국 사람 같다는 건 대체 뭐길래 나는 한국 사람 같은 걸까.
난 한국 사람 같은 사람일까, 한국 사람 같지 않은 사람일까.
그래서 나는 한국 사람으로 살아야 하는 걸까, 아닌 걸까.

많은 시간이 흐르고 흘러 지금의 나는 더 이상 저런 고민을 하지 않아. 다양한 문화 속에서 많은 일들을 겪고 수많은 사람들과 만났다 헤어지며 나는 한국인이면서 호주스럽고 어린애 같으면서 늙은이 같기도 한 박가영이자 앨리스야.

이제야 나라나 나이처럼 특정한 틀에 맞춰서 살아야 할 필요가 없단 걸 알았어. 하나하나의 우주인 우리는, 너무나 복잡해서 애초에 어떤 틀에 끼워 넣을 수 없단 걸 배웠거든.

솔직히 말하면 한국이 그리워, 많이. 하지만 나는 한국에 돌아가지 않을 것 같아. 아마 다시는 한국에서 '살려고' 돌아가지는 않을 거야. 그렇지만 호주 말고 다른 나라에 살아보고 싶기는 해. 평생 호주에서 살 마음은 없어. 동남아나 중국, 유럽에도 살아보고 싶어. 하지만 한국에는 돌아가고 싶지 않아. 한식을 가장 좋아하고, 한글로 된 한국 책을 읽는 시간이 가장 행복하고, 여전히 한국에서 일어나는 일에 기뻐하고 분개하는 하루하루를 보내고 있는데도 말이야. 내가 돌아간다고 해서 한국 사회에 내 자리가 있을까. 그때도 없었는데 지금이라고 뭐가 다를까 하는 생각이 들거든. 그립다가도 또 무력감이 들고, 그게 미움으로 바뀌는 날들이 많아.

아직도 나는 내 조국을 혼자 짝사랑하는 것 같아. 나를 사랑한 적 없는 누군가를 혼자 그리워하고, 집착하고 미워하고. 하지만 언제까지나 짝사랑만 할 순 없잖아. 언젠가는 한국인의 뿌리만 남은 호주인으로 살게 되는 날이 오겠지. 그날이 기다려지기도, 두렵기도 해. 한국인으로 계속 살고 싶기도 하고, 하루라도 빨리 과거의 굴레에서 벗어나고 싶기도 하니까. 내가 이 책의 마지막 문장을 끝마치는 날이 그 긴 짝사랑을 정리하는 출발점이 되지 않을까. 그래서 내게 이 글을 시작하고 끝내는 게 그토록 중요했던 것 같아. 마지막 글을 쓰는 오늘에서야 이제 제대로 한 명의 성인으로 살아갈 수 있을 것 같은 예감이 들어. 내 글로 위로받았다고 해주는 사람들이 있다면, 나도 꼭 전해주고 싶어. 진짜로 위로를 받은 건 나라고. 어떻게 이 고마운 마음을 전해야 할지 모르겠다고.

네가 무슨 마음으로 네가 태어나고 자란, 미워하는 만큼 사랑하기도 할 조국을 떠나 다른 세상에서의 삶을 꿈꾸는지 나는 몰라. 네가 이민을 그저 막연히 궁금해하는 건지, 아니면 진지하게 준비를 하고 있는 건지도 모르고, 이민이라는 길도 제각기 달라. 어떤 사람에게는 세계가 변하는 일생일대의 결정이지만, 어떤 사람에겐 단순히 좀 더 먼 곳으로의 이사 정도에 불과하기도 해. 정답은 없어. 네가 이민을 간다면, 너는 '너만의 이민'을 할 것이고, 너만의 이민사를 써내려갈 거야.

그래도 내가 짐작할 수 있는 것은 단 하나. 이민을 생각하며 너는 조금은 두렵고, 설레고, 가끔은 외롭기도 할 거라는 거야. 나를 비롯해 내가 아는 모두가 그랬듯이.

이 먼 멜버른에서 나는 얼굴도 모르는 너를 응원해.

네가 생각하는 방법이 이민이든, 이직이든, 창업이든 중요하지 않

아. 네가 있어야 할 자리를 찾기 위해 무언가를 바꾸려는 너를 진심
으로 응원해. 무언가를 바꿨다고 해서, 문제를 풀면 정답이 주어지
듯이 네게 행복이 간단하게 주어지진 않을 거야. 그럼에도 불구하
고 너는 계속 네가 행복할 수 있는 곳을 찾아 헤매었으면 해. 지금
어디서 무얼 하든, 네가 편안한 곳, 이 정도면 더 바랄 것이 없다는
생각이 들게 만드는 곳을 마지막엔 꼭 찾길 바랄게.

네가 있어야 할 곳을, 아무리 오랜 시간이 걸리고
힘들게 돌아가야 할지언정 끝내는 찾아내기를.
네가 서 있게 될 그곳이 어디든 간에
더 이상 싸움터에서 간신히 버티는 하루를 보내지 않기를,
믿지도 않는 신에게 기도할게.

고마웠어,
내 이야기를 들어줘서.

이민을 꿈꾸는 너에게

네가 있어야 할 곳을 끝내는 찾아내기를

초판 1쇄 발행 2018년 8월 10일

지은이 박가영
펴낸이 성의현

책임편집 문주연
본문 디자인 고승현

펴낸곳 미래의창
등록 제10-1962호(2000년 5월 3일)
주소 서울시 마포구 잔다리로 62-1 미래의창빌딩(서교동 376-15, 5층)
전화 02-338-5175 **팩스** 02-338-5140
ISBN 978-89-5989-534-2 03810

이 도서의 국립중앙도서관 출판예정도서목록(CIP)은 서지정보유통지원시스템 홈페이지(http://seoji.nl.go.kr)와
국가자료공동목록시스템(http://www.nl.go.kr/kolisnet)에서 이용하실 수 있습니다.(CIP제어번호: CIP2018022489)

미래의창은 여러분의 소중한 원고를 기다리고 있습니다. 원고 투고는 미래의창 블로그와 이메일을
이용해주세요. 책을 통해 여러분의 소중한 생각을 많은 사람들과 나누시기 바랍니다.
블로그 www.miraebook.co.kr **이메일** miraebookjoa@naver.com